문학
소
녀

문학소녀

전혜린, 그리고
읽고 쓰는 여자들을 위한 변호

김용언 지음

반비

일러두기

1. 단행본은 겹낫표(『 』)로, 논문, 글, 기사, 영화, 노래는 홑낫표(「 」)로,
정기간행물은 겹꺾쇠표(《 》)로 표시했다.
2. 인용자가 추가한 내용은 대괄호([ ])로 표시했다.

차례

소위 '흑역사'란 무엇인가. 지난 시절에 무엇이
부끄럽고 부끄럽지 않은가를 결정할 때 나는 누구의
시선을 의식하면서 그 근거를 찾는가. 지금 이곳에서
'세련됨'으로 인정받는 기준에 근거했을 때 살아남을 수
있는 과거는 얼마 되지 않는다. 그때의 나는 뭘 몰랐던 나,
관조적인 태도와 세상을 향한 거리감이라는 조건을 갖추지
못한 덜 성장한 나, 벅찬 단어로 내 감정을 과장하는 데
급급했던 나, 순진하거나 무지하거나 좁은 반경의 세계
안에서 자족하던 나였다. 그리고 지금의 나는 그때의
나를 간단히 지워버리고 싶어 한다. 그때의 내가 그랬을

리 없어, 잠깐 취해 있었을 뿐이다. 지금의 나는 그때보다 훨씬 더 현명하고 성숙하다. 아니, 어쨌든 성장해야만 한다. 아무려나.

이를테면 흑역사의 추억은 최영미의 시 「서른, 잔치는 끝났다」의 이 유명한 구절 같은 것이다.

> 물론 나는 알고 있다
> 내가 운동보다도 운동가를
> 술보다도 술 마시는 분위기를 더 좋아했다는 걸
> 그리고 외로울 땐 동지여!로 시작하는 투쟁가가
> 아니라
> 낮은 목소리로 사랑 노래를 즐겼다는 걸
> 그러나 대체 무슨 상관이란 말인가.[1]

최영미가 비판받았던 지점. '화제성'은 있지만 '좋은' 시가 아니라는 평가, 뛰어난 미모에 덧붙여 서울대

---

1 최영미, 「서른, 잔치는 끝났다」, 『서른, 잔치는 끝났다』, 창비, 1994년, 10쪽.

출신/노동운동/이혼이라는 '화려한' 이력, 그리고 '진지한' 출판사 창비에서 그녀를 대대적으로 뒷받침해줬기 때문에 유명해졌을 뿐이라는 수많은 지적들.[2] 그런 비판은 「서른, 잔치는 끝났다」라는 시의 생명력과 그 시가 불러일으킨 커다란 공감대에 가닿지 못하고, 또 그 이면을 들여다보지도 못한다. 최영미의 시 자체가 '투쟁가'보다 더 자주 즐겼던 '사랑 노래' 같은 것이었다. 나는 20대 초반에 최영미의 그 시집을 샀고, 아직도 갖고 있다. 첫 장을 펼치면 '98년 4월 20일'이라고 시집 구입 시기에 적은 메모가 보인다.

이제 와선 '책 읽는 여자의 흑역사'의 대명사쯤으로 여겨지는 전혜린에 대해, 전혜린에 열광했던 세대의 기억에 대해 이야기하고 싶어졌다. 김양선이 언급한, "개인과

---

[2] 일례로 문학평론가 박철화는 월간 《현대시》 8월호의 글 「제도론의 관점에서 본 시의 대중화: 최영미와 신현림의 경우」에서, "순수·참여 논쟁의 한 축이었던 창작과 비평사가 자본의 유혹 앞에 투사적 자존심을 내팽개쳤고 상품 가치에 따라 작가를 끌어들인 뒤 상품성을 높이기 위해 글을 지어 파는 '매문 행위'까지 일삼고 있다."면 서 "[최영미와 신현림의] 알몸 과시에는 상업적 페미니즘의 혐의"가 들어 있다고 썼 다.《경향신문》 1998년 8월 24일, 14면.

집단이 동일한 규범, 관습, 풍습이라는 토대 위에서 공유된
과거를 회상함으로써 현재 정체성을 구성하는 행위"[3]로서의
'문화적 기억'을 나의 개인적 체험 위주로 재구성한다면,
계몽사 소년소녀 세계명작동화 50권 전집, 에이브 문고,
에이스 문고, 파름문고, 할리퀸 로맨스, 그리고 전혜린으로
이어질 것이다. 1970년대생의 '문학소녀'[4]들에게 익숙하게
다가올 단어들이다. 이 중에는 내 또래 대부분의
남성들이라면 아예 책장을 들춰본 적이 없을 책들이
포함되어 있다.

---

3 김양선, 「여성성과 대중성이라는 문제설정」, 《시학과 언어학》 10호, 2005년, 140쪽.
4 국립국어원 표준국어대사전에 등재된 '문학소녀'의 뜻은 "문학을 좋아하고 문학
작품의 창작에 뜻이 있는 소녀. 또는 문학적 분위기를 좋아하는 낭만적인 소녀"다.
그러나 여기서의 '소녀'가 반드시 어린 나이대의 여자를 뜻하는 것만은 아니다. '여성
의 미성숙함'을 뜻하는 용어로도 널리 쓰이기 때문이다. 정미지는 장덕조의 단편 「해
바라기」(1937년) 중 한 대목을 인용한다. "남편의 손을 더듬어 잡는 아내에게 '또 우
리 문학소녀가'라며 손을 뿌리치고 결혼이 사랑을 고백할 때와는 다른 현실임을 깨
닫고 '결혼은 연애의 무덤'이라며 울기까지 하는 아내에게 '저 만년 문학소녀를 어째
연극이나 소설에 나오는 소리를 그대로 실행하려드니'라며 무시"하는 남편이 등장한
다. 그리하여 "'문학소녀'는 미성숙한 여성의 기표로서 여성으로 하여금 미완의 상태
를 주지시키는 표상"이 된다. 정미지, 「1960년대 '문학소녀' 표상과 독서양상 연구」,
성균관대학교 국어국문학 석사논문, 2011년, 28쪽.

이 책들이 풍미했을 1980년대 말과 1990년대 초를 재구성하는 많은 작업들에서, 이 책들과 이것이 10대 소녀들에게 불러일으켰던 열광적인 호응은 기록될 가치가 없는 디테일로 여겨질 것이다. 86 서울 아시안 게임, 88 서울 하계올림픽, 박종철과 이한열, 6월 항쟁, 임수경, 베를린장벽, 천안문사건, 미하일 고르바초프, 해외여행 자유화 조치, 문민정부로의 이행 등이 그 시기를 결정짓는 거대한 기표들이다. 출판계를 돌아보더라도 나의 '문화적 기억'이 끼어들 여지는 없다. 『소설 손자병법』(정비석 지음, 은행나무 펴냄), 『영웅문』(김용 지음, 고려원 펴냄), 『접시꽃 당신』(도종환 지음, 실천문학사 펴냄), 『홀로서기』(서정윤 지음, 문학수첩 펴냄), 『우리들의 일그러진 영웅』(이문열 지음, 문학사상사 펴냄), 『남부군』(이태 지음, 두레 펴냄), 『세계는 넓고 할 일은 많다』(김우중 지음, 김영사 펴냄), 『나는 야한 여자가 좋다』(마광수 지음, 자유문학사 펴냄), 『소설 동의보감』(이은성 지음, 창비 펴냄), 『서편제』(이청준 지음, 열림원 펴냄), 『반갑다 논리야』(위기철 지음, 사계절 펴냄), 『나의 문화유산 답사기』(유홍준 지음, 창비 펴냄) 등

두고두고 이야기되는 당시의 베스트셀러는 민족적 열정을
자극하거나 부와 야망을 찬양하는 남성 작가들의 책,
연애와 사랑을 노래하는 남성 시인들의 작품이 대다수다.
여기에 할리퀸이라니, 전혜린이라니.

　　만약 80년대 말 90년대 초의 할리퀸 로맨스, 혹은
전혜린에 대해 누군가 입을 열기 시작한다면 그 기억에는
어떤 의미가 담길까. 학교나 가정에서 여학생들에게
제대로 된 성교육을 시켜주지 않았고, 심지어 '생리'라는
단어조차 아예 금기시되다시피 하던 시절, 많은 이들에게
10대의 첫사랑은 차단됐던 시절, 그래서 또래 학생들의
용돈 수준에서 구할 수 있는 싸구려 책들을 서로 돌려보며
로맨스와 섹스와 사랑과 온갖 아름다운 것을 꿈꿔보던
시절의 공통된 기억이 나오지 않을까.

　　그중에서도 전혜린의 글은 10대 초반 '문학소녀'의
정통 코스를 착실하게 밟아갈 때의 통과의례 같은
것이었다. 나는 열다섯 살 때 전혜린의『그리고 아무 말도
하지 않았다』를 처음 접했다. 별로 친밀한 사이는 아니었던
같은 반 친구 하나가 느닷없이 "우리 언니가 무척 좋아하는

책인데 너한테도 어울릴 것 같아."라며 그 책을 건넸다. 아마 하루 만에 다 읽었던 것 같다. 책을 친구에게 돌려주고, 서점에 가서 삼중당의 문고본을 구입해서 재독했다.

아스팔트 킨트, 소식(小食)과 불면, 인식욕, 절대로 평범해져선 안 된다는 전혜린의 맹세가 그때의 나를 사로잡았다. 그전까지 읽었던 한국 동화들은 왜 그렇게 과수원과 따뜻한 고향집이 많이 등장했는지, 서울에서 태어나 한 번도 이사를 해본 적이 없었던 나는 도저히 그 동화들을 현실감 있게 읽지 못했다. 그런데 전혜린의 에세이 「홀로 걸어온 길」의 강력한 첫 문장, "나에게는 고향이 없다. 아스팔트 킨트(아스팔트만 보고 자란 도회의 고향 없는 아이들)라는 단어는 나에게도 쓰일 수 있는 명칭이다."[5]를 접한 순간 나는 비로소 아스팔트 위 나의 고향을 찾은 것 같았다.

"학생 시절에는 건강한 육체와 비대한 육체를 같이 생각하고, 그런 육체와 우둔한 정신을 동일어로 보고

---

5 전혜린, 「홀로 걸어온 길」, 『그리고 아무 말도 하지 않았다』, 삼중당, 1990년, 14쪽.

경멸할 때가 있다.",[6] "나는 자연히 음식을 소홀 경멸하게 되었고 소식과 불면을 중학생 때 이래 지켜왔었다.",[7] "밤을 새고 공부하고 난 다음 날 새벽에 닭이 일제히 울 때 느꼈던 생생한 환희와 야생적인 즐거움도 잊을 수 없다."[8] 등의 구절을 읽고 난 다음에는, 소식까지 실천하긴 힘들었지만 불면은 마음먹고 시작했다. 시험공부를 한답시고 일부러 밤을 새운 다음 불그스레한 여명을 맞으며, 동네 테니스장에 심겨 있던 은사시나무의 잎사귀들이 팔랑거리는 걸 보며, 그 가지마다 앉아서 시끄럽게 재잘대는 참새들에게 귀 기울이며, 아직까지 깊게 잠들어 있던 동네의 고요를 맛보면서, 나만 아는 무언가를 간직한 것 같은 뿌듯함에 사로잡히며 약 40년의 시차를 두고 전혜린을 제멋대로 가깝게 여겼다.

그리고 전혜린의 글 속에 언급된 다른 책들,

---

6 전혜린, 「출산에서 배운 것」, 위의 책, 123쪽.
7 전혜린, 「지나간 시절의 미각들」, 위의 책, 125쪽.
8 전혜린, 「목마른 계절: 이십대와 삼십대의 중간 지점에서」, 위의 책, 99쪽.

이를테면 루이제 린저의 『생의 한가운데』와 헤르만 헤세의 『데미안』과 마르탱 뒤 가르의 『회색 노트』(와 몇 년 뒤에는 잉게보르크 바흐만의 『삼십 세』까지. 전혜린이 에세이 「새로운 사랑의 뜻」에서 언급한 바흐만의 『맨해탄의 선신(*Der gute Gott von Manhattan*)』은 국내에서 찾아볼 수 없었다.)를 읽는 수순을 밟았다. 전혜린에게 공감한다면 그녀가 사랑했던 책에도 당연히 공감할 수 있을 것이라 믿었다. 사춘기의 한복판을 지나면서 어릴 때는 아무 불만 없었던 일상의 많은 부분이 시시해졌고 "여기가 아니라면 어디라도!"라는 보들레르의 시구를 일기장에 베껴 쓰며 다른 시공간을 공상하게 되었다. '나는 당신들 중 일부가 아니야.'라는 의식은 주변에 대한 은밀한 우월감이기도, 나는 왜 그들 같지 못한가라는 초조한 자괴감이기도 했다.

전혜린은 나의 방황하는 마음을 정확하게 표현했다. 단어의 뜻을 정확히 알진 못했지만, 전혜린이 언급한 키르케고르의 '오식활자의식(誤植活字意識)'을 이해할 수 있을 것 같았다. 서른 살이라는 엄청난 어른이 쓴 글을 열다섯 살의 내가 이해한다는 데에서 오는 만족감도 컸다.

그러다가 언젠가부터, 전혜린에 대한 열광 혹은 그 열광의 기억에 대한 추억담이 아니라 빈정거림이 더 많이 들리기 시작했다. 고종석이 『말들의 풍경』에서 "전혜린의 수필들은 비범함을 열망했던 평범한 여성의 평범한 마음의 풍경을 보여준다."[9]고 딱 잘라 말했듯, 김윤식이 "모든 것이 자기중심적으로 파악될 때, 거기에서 포착되는 것은 생에 대한 체험의 순간적 지각이다. 이러한 생의 태도에서 소위 하나의 환각이 발생한다. (……) 전혜린이 놓인 공간이 바로 여기다. 그것은 찬란하기도 하나 맹목이다."[10]라고 기록했듯 말이다. 이들의 선고에 힘입어, 이제 전혜린은 특정한 독서의 출발점의 공통 대명사가 아니라, 부잣집 철부지 문학소녀의 대명사로 더 자주 호명되는 것 같다.

여기서 문학소녀와 문학청년[11]의 어감은 또 다르다.

9　고종석, 「먼 곳을 향한 그리움: 전혜린의 수필」, 『말들의 풍경』, 개마고원, 2007년, 249쪽.

10　김윤식, 「침묵하기 위해 말해진 언어: 전혜린론」, 『김윤식 선집 4: 작가론』, 솔 출판사, 1996년, 133~134쪽.

11　역시 국립국어원 표준국어대사전을 찾아보면 "문학을 좋아하고 문학 작품의 창작에 뜻이 있는 청년. 또는 문학적 분위기를 좋아하는 낭만적인 청년"이라는 뜻풀이

문학청년이 본격적인 작가 '등단'을 꿈꾸며 글쓰기에
매진하는 성실한 아마추어의 느낌이라면, 문학소녀는
작가가 되지도 못할, 글을 제대로 쓰지도 못할, 이성적이고
분석적인 인문-사회-과학서들이 아니라 감정의 몰입을
특징으로 하는 소설과 시에 열중하며 여전히 몽상을
끄적거리는 유아적 단계에 머물러 있는 독자라는 느낌이다.
전혜린은 그런 사람의 대표자처럼 자꾸만 불려나왔고,
그래서 어릴 때 전혜린의 글을 읽고 좋아했던 사람이라도
아직까지 여전히 '전혜린의 상태'에 머무르면 안 되는
것으로 여겨지는 것 같다.

　　그런데, 정말 그런가? 내 말은, 전혜린이 그렇게
비웃음과 비난을 받아야 할 이유가 있는 건가? 나는 20대
초반 이후 아주 오랜만에 다시 삼중당 문고본 『그리고
아무 말도 하지 않았다』를 읽었다. 그리고 이후에 출간된
그녀의 미공개 일기 『이 모든 괴로움을 또 다시』도 내처
읽었다. 열다섯 살의 나는 미처 알지 못했던 것들이 눈에

가 나온다. 참고로 '문학소녀'이라는 단어는 등재되어 있지 않다.

들어오기 시작했다. 그녀의 글을 이해하기 위해선 더 넓은 시공간까지 들여다봐야 한다는 것도 깨달았다. 전혜린을 부잣집 철부지 문학소녀의 전형으로 단정 짓던 이들은 전혜린의 몇몇 유명한 구절들 외에 무엇을 더 알고 있는가? 문학소녀 카테고리를 전혜린이라는 단 한 명으로 싸잡아 일컫기는 쉽다. 그러나 정작 문학소녀에 대해, 그 문학소녀 카테고리를 창조하다시피 했던 전혜린에 대해 알고 있긴 한가? 전혜린이라는 드문 개인이 어떻게 출현하게 되었는지에 대해 무엇을 알고 있는가? 또는, 과거의 인물 전혜린의 지적 허영이 지금에 와서는 유치해 보인다는 게 비난의 근거가 될 수 있는지도 잘 모르겠다. 남들과 달라지겠다는 그 허영심이야말로 우리 모두가 성장해온 출발점이 아닌가?

이후의 행로는 각자의 선택에 따라 달라졌지만, 내 또래의 수많은 소녀들은 전혜린의 글을 읽으며 지금- 내가 속한-현실에 대한 불만을 비로소 인지했고 문학에 심취하는 '나'를 좋아하게 되고 낯선 장소를 동경하게 되었다. 이런 사소한 기억들에서 출발하는 독서의 행로,

즉 "개인의 일상적인 독서 체험과 관련된 기억"은 김양선의
말처럼 "여성의 역사에 대한 공식적인 '망각'에 대항하는
'대항기억(countermemory)'"이 될 수 있지 않을까. "이러한
젠더화된 문화적 기억을 상연하는 향수 서사(nostalgia
narrative)는 자칫 이상화된 과거를 향한 동경에 그칠 수도
있지만 젠더화된 역사적 경험을 펼쳐 보이는 내러티브와
의례들을 매개한다는 점에서 비판적 역할을 수행할 수
있다."[12]

　　『문학소녀』는 전혜린으로부터 출발하여 또 다른
책들을 거치며 내가 태어나기 이전의 시공간, 일본
식민지 시기와 한국전쟁을 거치며 한국이 '근대화'되던
시공간에서 벌어졌던 일들을 더듬어 짐작하는 과정으로
이루어져 있다. 내가 알지 못하고 경험하지 못했던 과거를
추적하면서 나의 '문화적 기억'의 근원을 알아내기 위한,
내 어린 시절을 오랫동안 사로잡았던 전혜린을 이해하기
위한, 전혜린으로 대표되는 문학소녀는 왜 안전하게

---

[12]　김양선, 앞의 글, 146~147쪽.

놀려댈 수 있는 대상으로 여겨지는지에 대한 의문을 풀기
위한, 그리고 전혜린을 쉽게 비웃는 이들에게 변호를
자청하기 위한 기나긴 '수필'이라고 해도 무방할 것이다.
또는 전혜린에서 시작하여 헤르만 헤세, 루이제 린저,
잉게보르크 바흐만, 보리스 파스테르나크와 블라디미르
마야콥스키로 이어졌던 어린 시절의 독서와 또 다르게,
나혜석과 손소희부터 시작하여 한국 근현대 여성에 관한
다수의 연구서들까지 확장됐던 독서의 감상문이기도 하다.

1 ——————— 전혜린이라는 예외적 존재

식민지 시기까지도 한국 땅에 전혜린 같은 유형의
인물은 존재할 수 없었다. 강제로 떠밀린 근대화의 급류를
타고, 정말 운 좋게 최고학부까지 공부를 마치고 유학을
다녀와 자신의 이름으로 글을 쓰고 작품을 발표하던
여성들은 드물게 있었지만, 그중 일부는 조선의 여성
혐오적 분위기에 짓눌려 미치거나 병사했다. 불행한 결말을
맞지 않은 채 살아남은 이들조차 높은 수준의 지성을
갖추고 그것을 표현하거나 발전시킬 수 있는 데까지 이르진
못했다. 그만큼 공부하고 사색할 만한 시간이 그들에겐
주어지지 않았고, 공부를 하기 위해 선행되었던 외적

조건들(외국인 '선교사'들의 호의 같은)이 그들을 교육이나 신앙생활로 이끌었다. 그중 일부는 필연적으로 일본 정부와 밀접한 관련을 맺고, 더 정확하게는 그쪽에 기생하면서 위태로운 줄타기를 해야 했다. 그들의 운명은 국가의 운명에 밀착되어 있었다. 그들은 국가의 딸이었다.

하지만 전혜린은 부유하고 똑똑하고 '교양("차원 높은 자기 자신에의 복귀, 혹은 자기 자신과의 일치, 개성 있는 인간이 자유를 실현하는 과정")'과 '수신(守身, "처세와 입신")'[1] 양쪽에 능했으며 언제나 높은 자리에서 국가의 운명을 좌지우지할 수 있던 힘을 가진 아버지의 딸로 태어났고, 덕분에 국가의 운명과는 두 발자국 떨어진 채 성장할 수 있었다. "1934년생인 전혜린은 일제에 의해 이식된 근대 문화와, 제국주의의 하위 파트너였던 식민지 최상층 엘리트가 가진 돈과 문화자본에 의해 길러졌다." 다시 말해 전혜린이라는 "새로운 유형의 인간-여성"이자 "예외적 존재"를 가능하게

---

1 박숙자, 『속물 교양의 탄생』, 푸른역사, 2012년, 13쪽.

했던 존재는 그녀의 아버지 전봉덕이었다.[2]

전봉덕, 1910년생. 경성제국대학 법문학부 재학 시절 고등문관시험 사법과 및 행정과에 합격했다. 식민지 경찰 관료로 "초고속 승진"을 했고 "해방 당시 경시(총경) 직위까지 올랐다. 윤종화 황해도 경찰부장을 제외하고는 조선인 중 최고 직위의 경찰이었다." 해방 이후에는 "다른 친일 경찰 및 조선총독부 고급관리 10여 명과 함께 헌병대에 입대한 뒤 특유의 수완으로 헌병대 실세로 부각, 당시 반민특위로부터 '헌병사령부는 악질 친일파의 도피처'라는 비난을 받"았다. 1948년 10월 육군사관학교 제1기 고급장교반을 거쳐 1949년 3월에는 육군 헌병대 부사령관이 됐고, 그해 국회 프락치 사건과 김구 암살 사건을 맡았다. 특히 백범 김구 암살 사건 당일에는 "암살범 안두희 씨를 연행해온 뒤 목욕을 시키는 등 융숭한 대접을 베풀어 숱한 의혹의 눈길을 받아왔으며 암살 사건 3일 만에 헌병사령관으로 승진, 안 씨 수사를 도맡았다."고 한다.

---

2 권보드래·천정환, 『1960년을 묻다』, 천년의상상, 2012년, 409쪽.

1950년대 이후 그는 변호사와 고급공무원으로 다시 한 번 생의 방향을 틀었고, 국무총리 비서실장과 법제처 법제조사위원회 위원, 서울변호사회 회장, 대한변협 회장, 한국법사학회 회장의 자리에 올랐으며, 『한국법제사연구』(1967년)와 『한국근대법사상사』(1981년) 등의 저작을 집필하며 "법사학계의 원로"가 됐다. "전두환 집권 이후 5공화국의 헌법 개악에도 깊이 관여"한 뒤에는 백범 암살 배후로 계속 의심받다 1980년대 초 가족들과 함께 미국으로 이민을 떠났고, 1998년 사망했다.[3] 그는 2002년 공개된 친일파 708인 명단과 2008년 민족문제연구소의 친일인명사전 수록 예정자 명단에 이름을 올렸다.

『1960년을 묻다』의 저자들은 "공적 삶(집 밖에서는 냉혹한 관리이자 출세주의자)과 사적 삶(최고의 교양을 추구하며 딸에게 엄격하고도 자애로운 아버지), 그리고 정신(관념·내면·지식의 삶)과 물질(제도·정치 속에서의 삶)의 완벽한 분리와 병치", 즉 "식민지 시대가 만든 출세주의와

---

3   위의 책, 409쪽; 「전봉덕은 누구인가」, 《경향신문》 1992년 4월 18일 자.

교양주의의 모순적 절합"[4]이었던 전봉덕이라는 모순된
존재로부터 전혜린이 출발했음을 분명히 한다.

> 아버지 마음에 들고 싶다는 욕망이 의식 밑에도, 또
> 의식 표면에도 언제나 있었다. 아버지로부터 칭찬받고
> 싶다는 마음이 실현되는 때마다 나는 이 세상의
> 무엇보다도 행복했었다. (……) 의식의 세계에서 나는
> 결국 언제나 아버지를 대상으로 지식을 쌓아 올렸던 것
> 같다. 마치 제단 앞에 향불을 갖다 쌓듯.[5]

전혜린은 1940년대 초, "아버지의 부임지를 따라
이북의 끝인 신의주"에서 2년을 지냈다.[6] 1934년 평안남도
순천에서 태어났지만, "고향이라는 글자를 볼 때면
언제나 내 뇌리에 떠오르는 것은 이 신의주다." 초등학교

---

4 권보드래·천정환, 위의 책, 411쪽.

5 전혜린, 「목마른 계절: 이십대와 삼십대의 중간 지점에서」, 앞의 책, 96쪽.

6 『그리고 아무 말도 하지 않았다』에 등장하는 이 문장은 아마도 전봉덕이 1941년
평안북도 경찰부 보안과장이 된 것을 두고 썼다고 추정해볼 수 있다.

1학년을 막 마친 전혜린에게 "일본인들이 계획적으로 만든 합리적이고 관념적인" 도시 신의주는 근처의 압록강과 중국인촌의 '신비스러움'으로 기억된다. 이를테면 압록강 부둣가에 러시아인이 경영하는 "돌 페치카가 놓인 다방"에선 "금발이 허리까지 오는 러시아 처녀"가 "스텐카 라진 같은 러시아 민요"를 노래했고, 전혜린은 그걸 구경하며 아이스크림을 먹었다. 어느 날엔가는 "집채보다 더 큰 뗏목"이 부둣가에 다가오며, 거기 탄 "검붉게 탄 건장한 체구들"의 남성들이 큰 소리로 노래 부르는 걸 지켜보면서 "전신이 뒤흔들리는 듯한 감동"을 느꼈다고 술회했다. 보안과장 아버지는 장녀 전혜린을 매우 귀여워하고 자랑스럽게 여겨 "학교에도 종종 데리고 갔고, 이발소에도 꼭 아버지가 데리고 가서 머리를 깎는 것을 지켜"보았고, "백러시아계의 양복점에서 꼭 소공녀가 입을 것 같은 흰 레이스 원피스"를 사서 입혔다. 집에선 "3, 4세 때부터 한글 책과 일본어 책을 전부 읽게 손수 가르쳐"주었고, 혜린에게 심부름이라든가 주방일 같은 걸 절대 시키지 못하게 엄명을 내렸다. 전혜린의 "응석받이

문학소녀

어린애"로서의 유년기는 그렇게 아버지의 보호 아래
"진줏빛 광채"로 점철됐다.

> 아버지는 내가 공부 외의 딴 일을 하는 것을 허락
> 안 하셨다. (⋯⋯) 아버지가 한없이 아낌없이 사다
> 주는 책을 읽는 것이 내 생활의 전부였다. 이 유년기의
> 습관은 중고대학생 시절을 통해 죽 견지되었다. 내 한
> 마디는 아버지에게는 지상명령이었다. 나는 또 젊고
> 아름다웠던 남들이 천재라 불렀던 아버지를, 그리고
> 나를 무제한하게 사랑하고 나의 모든 것을 무조건 다
> 옹호한 아버지를 신처럼 숭배했었다.[7]

전혜린은 10대에 접어든 다음에도 "파우스트" 같은
"무서운 인식욕"에 사로잡혔고, 가까운 벗과 함께 "노령의
한문 선생을 괴롭히고, 방과 후에 같이 논어를 배웠고,
역사 선생님에게 따로 『삼국사기』를" 배웠으며 "문학,

---

7 전혜린, 「홀로 걸어온 길」, 앞의 책, 14~18쪽.

철학, 어학(영·독·불·한문·한글)에 대한 광적일 정도의
열렬한 지식욕과 열성"이 자신을 지배했다고 회상했다.
"하늘은 넓었고 우리는 얼마든지 날 수 있다고 믿었다."는
자신감.[8] 19세기 말 외부 세력으로부터 강제로 근대화를
이식당했던 나라에서, 그 근대화를 가장 가깝고 또
'제대로' 받아들이기 위해선 '돈과 문화자본'이 필요했다.
전혜린에게는 그것이 있었다.

　　20세기 초반으로 거슬러 올라가도 상황은 결코
다르지 않다. "가장 부르주아적인 사회에서 '교양 있는'
'문학적' 존재는, 결코 민중이 아니라 '좋은 집안'의
유한계층 인간이다."[9] 천정환은 (지금의 을지로입구 부근인)
"황금정 네거리에 있던 일본 마루젠 서점의 경성 출장소"에
관한 《삼천리》 기사에서 "1930년대 중반 최고 엘리트층에
속하는 독자의 책 읽기 양태"를 읽어낸 바 있다. 마루젠
서점 경성 출장소는 "경성제대와 법학 전문의 학생들과

8　전혜린, 「목마른 계절: 이십대와 삼십대의 중간 지점에서」, 위의 책, 94~95쪽.

9　권보드래·천정환, 앞의 책, 408쪽.

'교수급' 내지는 '문인 예술가급'으로 뵈는 일인과
조선인들이 출입"하는 곳으로서, "영서에 관한 서적이
가장 많고 그 다음에는 독어문이 둘째가고 불란서 어문의
서적들은 극히 적"은 곳이었다.

　　지식인들은 《런던 타임스》, 《뉴욕 타임스》와 같은
영미의 권위지도 읽고 있다. 이 서점이 서구에서 생산된
지식과 정보가 동경 본점을 거쳐 조선인 지식인들에게
직통으로 중개·공급되는 곳인 셈이다. 한편 이와는
별도로 당시 경성제대 도서관에는 이 마루젠 서점의
사원이 상주하며 교수나 학생들이 주문하는 책을
'국가로부터 무이자 지원을 받아 관세 없이 들여와'
값싸게 제공했다고 한다. 제국대학에 대한 '제국'의
정책이 어떠했는지를 짐작하게 하는 사실이다.
　　1920~30년대 '고급독자'들의 책 읽기의 변화는,
한문학 전통으로부터 일본 또는 서구의 문화적
헤게모니 아래로 급격히 포섭되어가던 당시의 변화를
그대로 보여준다. '앎'에 식민지성이 있다면 그것은 바로

그들 지식인들에 의해 구현된다.[10]

　　현재 시점에서 전혜린을 비판적으로 조롱하는 시각,
'부잣집 딸내미의 교양 있는-공주-코스프레'라는 시각은
어느 정도 시대적·공간적 배경을 고려하며 교정되어야만
한다. 더 정확히 말하자면, 돈/문화자본을 구분하지
않아야만 그 같은 조롱이 가능해지는 것이다. 박정희
전 대통령이 1963년 저서『국가와 혁명과 나』에 쓴 시를
읽으면 나는 전혜린에 대한 조롱을 자동적으로 떠올리게
된다. "땀을 흘려라! / 돌아가는 기계 소리를 / 노래로 듣고
/ (……) / 이등 객차에서 / 불란서 시집을 읽는 / 소녀야
/ 나는, 고운 / 네 손이 밉더라." 만일 1965년에 요절하지
않았더라도, 1960년대에서 1970년대로 이어지는 숨 막히는
'박정희식 한국형 근대화'의 기간 동안 그녀는 '불란서
시집을 읽는 고운 손의 소녀'라는 비난으로부터 자유롭지
않았을 것 같다.

───────────

10　천정환,『근대의 책읽기』, 푸른역사, 2003년, 381~383쪽.

전혜린이 성인이 된 뒤, 자신이 공부한 바와
자신이 속한 환경 사이의 모순을 맞닥뜨리고 그것을
어렴풋이 자각하거나 애써 모르는 척할 때부터, 균열은
발생한다. 전혜린은 철학과 문학을 공부하기 위해 독일에
갔고(20세기 초중반 일본에선 독일 철학이 큰 인기를 누렸고,
일본의 식민지였던 한국 역시 그 전통을 받아들였다. 일본에 의해
번역된 서구의 인문학이 식민지 시대 엘리트들을 점령했다면,
전혜린은 일본을 거치지 않고 독일로 직접 떠남으로써 거대한
외부와 직접적으로 맞닥뜨리는 쪽을 택했다.) 그곳에서 똑같은
'서구'일지라도 미국과 유럽을 명확하게 구분하는 지점을
발견했다고 믿었다. 그녀는 독일에서의 경험으로 미국의
물질주의를 경멸하고 유럽의 정신적 풍요로움과 지적
탐구를 지속적으로 찬양하게 된다. 하지만 그처럼 정신적
부를 누리기 위해선 오랫동안 축적된 물질적 부라는 토대가
뒷받침되어야 한다는 사실은 어쩐지 부인하는 모습을 보인다.

뮌헨 유학 시절 일기와 한국으로 돌아온 이후의
일기 곳곳에 드러난, 부모를 향한 전혜린의 모순된
반응은 그런 관점으로 이해해야 할 것 같다. 부모(특히

아버지)로부터 벗어나고 싶으면서도 의존할 수밖에 없는 자괴감이 매우 선명하다. 전혜린은 1961년 2월 21일 일기에선 "밥 먹이고 학교 보낼 수 있었던 능력과 기르는 능력과는 차이가 있다. 교육이라는 견지에서 본다면 심·신 양면에 있어서 그는 우리에게 아무런 도움도 안 주었다. 변덕(Laune)과 방임(放任)과 새디즘(Sadism)의 계속에 불과했고 그 기조는 냉혹한, 금속 소리 나는 에고이즘이었다."[11]라고 부모(특히 어머니)에 대한 비판을 가하지만, 동시에 1961년 1월 9일 일기에선 "또 세계 여행을 떠나게 되는 아버지가 몹시도 부럽다. 콜로라도, 네바다, 멕시코……. 가보고 싶은 곳이 너무 많고 너무 불가능하다. 아무 의미나 돈의 제한 없이(비교적) 그저 관광 여행을 하는 것은 얼마나 즐거운 것일까?"라고 부러워하며 "모든 것에도 불구하고, 나는 8형제의 한 명으로서, 외국에서 4년간 공부할 수 있었던 것을 부모에게 감사드려야 한다."고

---

11   전혜린, 『이 모든 괴로움을 또 다시』, 민서출판, 1989년, 200쪽.

다짐했다.[12]

　　며칠 뒤 일기에선 "나비 채집곽들, 그림(유화), 사슴의
뿔, 수놓은 쿠션 몇 개, 화문석, 가면 몇 개, 무섭게 큰
인형"처럼 갖고 싶은 물건들을 열거해보다가 "조금이라도
자기가 원하는 물건들을 자기 주변에 놓고 살기 위해서는
돈의 존재가 있어야 한다. 따라서 돈을 버는 것이 필요하다.
그렇지만 결국 그런 사치는 아무런 소용도 안 된다는 것을
나는 잘 알고 있다."면서 "정화를 곧게, 밝게 키우기에만
충분한 생활이라면 나는 만족하겠다."라고 다짐했다.[13]
같은 해 10월 1일 일기에선 "하늘은 아주 푸르고 공기도
깨끗하고 시원한데 마음만은 따분하다. 무일푼이니……
마당을 수리하는 탁탁 치는 소리가 '나가라! 나가라!'하는
것처럼 들린다. 동생들과도 별로 말을 주고받고프지 않고
따스한 회신(灰燼)만이 느껴진다. 학교에서나, 집에서나,
또 친척들, 시집 전부에 이렇게 조마조마 눈치만 보면서

12　위의 책, 173쪽.
13　위의 책, 182~183쪽.

살아야 하는가? 언제 끝날까?"[14]라고 한탄했다.

　　호사스러운 유년기가 성인기까지 이어지지 못했을
때, 자신만큼은 교양과 지식에 몰두하지 않는 것처럼
보였던 '가련한 부모'를 경멸하면서도 동시에 그녀가
그토록 원하는 '정신적 생활'을 유지할 수 있는 부를 늘
아쉬워하는, 물적 토대를 딛고 서서 배금주의(拜金主義)를
경멸하려 애쓰는 분열적인 태도를 보일 수밖에 없었다. 즉
그녀는 아버지가 선택한 길과 좀 다르게 '수신'보다는 '교양'
쪽에 치우쳐 있었고, 그것이 한국 사회에서 그녀가 제대로
적응하기 힘들었던 요인 중 하나였다고도 볼 수 있다.
1961년 1월 14일 일기를 보자.

　　내가 아주아주 부자가 되면 살롱을 열고 싶다.
19세기 중엽의 그것과 같은 것, 언제나 맛있는 음식과
음료와 모든 것을 손님의 쾌적을 위해서 설비해
놓고, 수많은 방에 맘대로 가서 자유스럽게 앉게

14　위의 책, 229쪽.

설비해 놓고, 크디큰 수풀과 노래하는 분수가 있는
정원도 해놓고, 정신의 귀족들, 아름다운 영혼(schöne
Seele)들을 전부 모아서 드나들게 하고 싶다. 대화에
의해서 우리 의식이 잠드는 것을 방지함으로써
완존(完存)에 돌입할 수 있는 것은 중요한 일이니까!

한국에서 쓴 이 일기의 다음 문단은 "요새는
전깃불을 구경하기가 힘들다. 지금도 촛불 밑에서 쓰고
있다."[15]로 이어진다. 이 두 문단 사이의 간극은 처절한
감정까지 불러일으킨다.

혹은, 독일 유학 당시 일기에서 드러나는 가난과
노동과 불안에 대한 토로를 읽노라면, '부잣집 딸'이었던
그녀가 독일에선 철저하게 제3세계 이방인이자 가난한
유학생으로서, 동시에 어린 임산부로서 남편 뒷바라지에
번역 노동까지 쉴 새 없이 수행했던 나날의 낯선 디테일이
선명하게 드러난다. 그녀는 독일 유학 당시 며칠 내내 물만

---

15 위의 책, 180~181쪽.

마시며 허기를 달랬다고 처음 경험하는 '진짜 굶주림'의
체험을 토로했고, 그럼에도 불구하고 남편과 함께 수익의
절반 이상을 책 사는 데 쓰면서 "가난이 우리에게는
재미있었다."[16]고 천진난만하게 말했다. 그러나 임신하고 난
다음부터는 그런 정신적 사치마저 누릴 수 없었다. 출산과
관련된 누구의 도움도 기대하기 힘든 상황에서 역시 유학생
신분인 남편을 뒷바라지하고 가사 노동을 책임지며, 만삭의
몸을 이끈 채 《여원》 등의 잡지와 몇몇 출판사를 위한
번역을 하고 수필을 쓰며 얼마 안 되는 원고료를 벌었다.
돈이 정말 다 떨어졌을 경우엔 이웃에게 몇 마르크씩
빌리며 이건 또 언제 갚을 수 있을지 한숨을 쉬고 발을
동동 굴러야 했다.

　　콜레트(Colette)의 '임신의 위대한 축제(祝祭)'란
무엇을 의미하는 것일까? 그 여자는 사랑하고

16　전혜린, 「목마른 계절: 이십대와 삼십대의 중간 지점에서」, 『그리고 아무 말도
하지 않았다』, 97쪽.

보살펴주는 남편과 하인이 있었다……. 그리고 거기다 건강까지도……. 반면에 난 아무것도 가지고 있지 않다. 지옥 속에서 살고 있다. 이 지옥이 빨리 없어졌으면 좋겠다.[17]

매일같이 똑같은 나날의 경과, 요리를 만들고, 먹고, 세탁을 하고, 번역을 하고……. 깊은 밤중까지 똑같은 피곤과 똑같은 기이한 만족……. 그것이 나의 생활이다(C'est ma ire), 그것이 전부이다(C'est tout). 난 신문이나 잡지를 전혀 읽지 않는다. 그러기엔 내 눈과 손이 너무도 피곤하고 맥 빠져 있다.[18]

3월 3일(나의 출산 예정일)까지 39일 밖에 남지 않았다.

상당히 불안하다. 하지만 거의 태연하게 견뎌내고

---

17 1958년 12월 19일 자 일기. 전혜린, 『이 모든 괴로움을 또 다시』, 44쪽.

18 1959년 1월 20일 자 일기. 전혜린, 위의 책, 80쪽.

있다. 참을성 있게 정지하여 절약하고, 절약하고,
절약하고, 또 절약하지 않으면 안 된다.

난 아주 형편없이 먹는다. 그러나 칼슘 정제(錠劑)와
비타민으로 어린애는 별 이상 없을 것이다. 최소한도
그것을 바란다.

이제 자야만 한다. 12시 반. 오늘 밤은 더 이상
번역할 필요가 없다. 그러나 내일이면 다시 고된 일이
시작될 것이다.[19]

흔히 주장하듯이, 나와 똑같은 환경에서도 훨씬
많이 일을 해낼 수 있는 여자들이 있는지도 모른다.
그러나 그들은 나보다 더 건강하고, 더 강한 체구를
가지고 있음에 틀림없다.

임신 중에 육체적 과로는 출산과 산후에 극히 나쁜
영향을 준다는 걸 나는 알고 있다. 아무도 그걸 고려해
주지 않는다. 내 스스로가 주의하지 않으면 안 된다. 난

---

19 1959년 1월 22일 자 일기. 위의 책, 86쪽.

문학소녀

정말 내 힘이 미치는 한 일을 하려고 했고 또 해왔다. 늘
충분하지 못한 시간 내에 책을 번역했다.[20]

파스테르나크의 연대표를 번역했다. 원고지 약
13페이지가량. 이처럼 짤막하고 단순한 일도 나를
완전히 피로케 한다. 이제 난 상당히 비대해져서
오래 앉아 있을 수가 없다. (……) 저녁 때 퓨즈가
끊어져 요리를 할 수 없었다. 전기 곤로를 꽂으면
쾅 폭발하면서 불이 나간다. 왜 그럴까? 모르겠다.
제로제(Seerose)에서 식사를 날라 왔다.[21]

저녁 식사 후 철수의 셔츠 두 벌을 다림질했다.
허리가 몹시 아프다. 쉬어야 한다.[22]

---

20 1959년 1월 29일 자 일기. 위의 책, 89~90쪽.

21 1959년 2월 1일 자 일기. 위의 책, 94~95쪽.

22 1959년 2월 5일 자 일기. 위의 책, 98쪽.

의사는 내가 젖이 부족하다고 말했다. 유감스럽게도 젖에 좋은 것을 나는 더 많이 먹어야 한다. (……) 젊은이는 보통 아빠가 되기를 바라지 않는다. 그것은 그에게 너무 부담이 되고 속박이 되고 그리고 거추장스러운 것이다. 엄마 되는 이에 대한 배려와 관심도 있어야 한다. 거기다 그는 너무 젊고 너무나 활기에 차 있는 것이다. 가능한 한 거기에 관계하지 않으려고만 한다. 되도록 거기에다 별로 지출을 하지 않으려 한다. 그 외의 생각은 없다.

이것은 그의 탓일까? 아니다, 결코! 그것은 너무나 당연한 일이다. 일반적으로 그런 것은 대부분 할머니들이나 할 일이다.[23]

나는 아직도 그 돈을 받지 못했다. 오늘 나는 어제 쓴 원고와 엽서를 어머님께 보냈다. (……) 나는 건강한 아이를 갖게 해달라고 신께 기도한다. 그리고 그 돈도 빨리 오도록. 왜냐하면 대학 병원에 마지막 수속이

---

23 1959년 2월 13일 자 일기. 위의 책, 106~107쪽.

문학소녀

아직도 남았기 때문이다.[24]

아무나 쉽게 해외여행을 다닐 수 없던 시절, 독일로
유학 간 '천재' 전혜린에 대해서는 많은 이들이 알고 있지만,
아버지의 보호막에서 벗어나 아내이자 어머니로서의 삶을
너무 빨리 맞닥뜨린 전혜린의 초조와 불안에 대해서는
왜 아무도 언급하지 않았던 걸까. 전혜린이 1958년부터
1965년까지 쓴 일기가 담긴 『이 모든 괴로움을 또 다시』 중
출산 직전에 쓴 부분만 보노라면, 『그리고 아무 말도 하지
않았다』의 정련된 글에는 차마 쓰지 못했던 사적 고통이
생생하게 잡힌다. 수필 「회색의 포도와 레몬빛 가스등」과
「와이셔츠 단추를 푼 분위기」에서 인상적으로 묘사했던,
최근까지도 한국인 관광객들이 자주 찾았다는 음식점
제로제는, 전혜린의 고단한 실생활 속에선 '전기 곤로가
폭발했는데 원인을 알 수 없고 밥을 지을 수가 없어서'
음식을 사다 먹었던 곳이기도 했다.

---

24 1959년 2월 26일 자 일기. 위의 책, 128~129쪽.

사적인 삶에서 마주친 한계뿐 아니라, 전혜린은
조국의 한계에서도 큰 좌절을 겪어야 했다. 지적인
인간이라면 마땅히 하늘에서 빛나는 별을 바라보며 거기에
닿을 수 있도록, 불가능에 도전하고 동경을 현실화하는
태도를 견지해야 한다고 믿었지만, 그리고 정신적으로는
이미 유럽에 속해 있다고 믿었지만 전혜린은 자신이 태어난
나라가 전근대적 환경과 결핍과 무지와 불결함 속에서
발버둥 치며 악착같이 돈에 집착하는 곳이라는 사실 앞에
혼란스러워했다. 독일에서 4년 넘게 머무른 뒤 계속 그곳에
있지 못하고 한국에 돌아와 '독일 유학 프리미엄' 훈장과

함께 지적 노동에 종사하기 시작했을 때, 그녀는 순식간에 불행해졌다. 그녀의 발이 딛고 있는 땅과 그녀의 머리가 향하는 창공은 전혀 다른 시공간에 속해 있었다.

명동 거리를 거닐면서, 로터리 저쪽에 Englischer Garten 호수가 나타나지 않고, 호수의 수면에 백조가 떠 있지 않아서 마냥 도착(倒錯)되었고, 머리를 들면 빈약한 삼각산의 모습이 도무지 눈에 거슬린다. 백설에 덮인 북알프스의 준령들처럼 선과 형태가 준엄하지 못한 우리들의 희미한 능선들에서 향토 지성의 열등이 연상되었기 때문이다.[1]

전혜린에 대해서 두고두고 이야기되는 부분은, 본인도 인정했다시피 "고국 아닌 다른 곳"에서 "순수한 향수"를 느끼고 싶은 "도착된 욕망"[2]이라고 불렀던 그

---

1 표문태의 서문, 위의 책, 15쪽.
2 전혜린, 「세모와 헝가리 국가와」, 『그리고 아무 말도 하지 않았다』, 114~115쪽.

감정이다. 그녀는 서울에서 삶의 대부분을 보냈으나,
"반지르르 닦인 '서울내기'"보다 계획도시 신의주에서
보았던 중국인들과 러시아인들의 이국적인 풍경을,
"무지하고 미숙하고 단순한 부산 사람"을, "꿈과 어리석음과
동화"가 있는 부산을 더 좋아했다.[3] 뮌헨에서는 고국의
푸른 하늘과 모시 적삼, '황색의 비전'을 그리워했으나
다시 한국에 왔을 때는 자신의 고향이 뮌헨의 슈바빙이라
주장했다. 뮌헨에 있을 때에는 만삭의 몸으로 번역 작업을
멈추지 못하는 생활고에 시달리면서도 가난을 즐거워하고
그에 자부심을 느꼈지만, 서울에 와서 대학 강사 자리를
얻고 비교적 안정된 생활과 명성을 얻기 시작하면서는
또 다른 꿈을 품었다. 정신노동이 아니라 먹고 살 만큼의

---

[3] 전혜린, 『이 모든 괴로움을 또 다시』, 293쪽. 심지어 전혜린은 1953년 8월 23
일 동생에게 보내는 같은 편지에 아래의 내용도 적었다. 한국전쟁 휴전이 성립되고
도 여전히 휴전 관련 세부사항 조율 때문에 진통을 겪던 뒤숭숭한 시기였지만, 그
녀는 "내가 빌고 싶은 것은 하루라도 오래 부산에 머무를 수 있도록 하는 것뿐이다.
자극과 흥분과 충돌과 정열 그리고 미침을 안겨주는 부산의 바다, 거리, 사람들 항
구…… 그리고 그 외의 모든 것. 열일곱 살부터 스무 살까지의 내 마음속에 새겨진
모든 것과 헤어지기가 싫다."라고 썼다.

'깨끗한' 육체노동을 하면서 남반구의 어딘가에서 '검둥이 하인'이 시중드는 평화롭고 유유자적하며 호사스러운 삶을 상상했다. "먼 데에 대한 그리움(Fernweh)",[4] 그녀는 자신이 머무르는 곳에서 언제나 다른 곳을 생각했다.

『거울 나라의 앨리스』의 붉은 여왕은 "여기서는 같은 장소에 있으려면 네가 달릴 수 있는 만큼 힘껏 달려야 한단다. 다른 데 가고 싶다면, 최소한 두 배는 더 빨리 달려야 해!"[5]라고 앨리스를 재촉했다. 양이 뜨개질하는 거울 나라 상점에서 "가장 이상한 점은 선반에 무엇이 있는지 자세히 살펴보려고 유심히 쳐다보면, 유독 그 선반은 텅 비어버리는 것이었다. 주변의 다른 선반은 온통 물건들이 가득 쌓여 있는데도 말이다." 전혜린은 바로 그 같은 마음 상태, "몇 분 동안 인형 같기도 하고 반짇고리 같기도 한 어떤 커다란 밝은 색 물건"을 쫓아다녔지만

---

4 전혜린, 「홀로 걸어온 길」, 『그리고 아무 말도 하지 않았다』, 16쪽.
5 루이스 캐럴, 이소연 옮김, 『거울 나라의 앨리스』, 펭귄클래식코리아, 2010년, 52쪽.

"항상 앨리스가 쳐다보는 것 바로 옆에 놓여 있"[6]음을
발견하게 되는 상태에 늘 추격당했다.

'도착된 향수'의 가장 큰 원인은 전혜린에게 전무할
만치 결여된 현실 감각 아니었을까. 전혜린은 1952년 피난
당시 부산에 임시교사를 세운 서울대 법대에 입학했다.
부산에서 3년을 머물렀음에도 불구하고 그녀의 일기나
회상 속에서는 한국전쟁에 대한 불안이나 공포, 혼란의
흔적이 전혀 보이지 않는다.[7] 그녀는 1959년 2월 10일에
쓴 일기에서 당시 상황에 대해 "서울이 북괴군에 점령되어
폭격당했다는 소식을 듣고 얼마나 쓰라리게 울었던지,

---

6 위의 책, 104쪽.

7 당시 부산에 세워진 대부분의 피난민 집단 수용소에 "아사자와 병사자가 속출"
했고 수많은 이들이 "거지나 다름없는 생활고"에 시달렸다고 한다. "연기군의 한 피
난민 수용소에는 목조 창고 4동에 1088명의 피난민이 수용되어 있었는데, 그 수용
소의 구호물자 배급 목록을 보면, 담요 4개, 점퍼 2개, 광목 4필, 양말 54개, 비누 51
개, 로션 1상자가 전부였다." 또 "국제시장을 중심으로 용두산과 복병산에, 부두 근
처의 영주동, 초량동, 수정동에, 그리고 영도 바닷가 주변에 피난민 판잣집들이 우후
죽순 들어섰다. 그 규모가 수만 호에 달했다." 김성보·홍석률 외, 『한국현대생활문
화사: 1950년대』, 창비, 2016년, 98, 102쪽. 전혜린이 머물던 부산과 일반적인 피난
민들이 머물던 부산이 완전히 달랐음을, 전혜린이 지각하던 한국전쟁의 풍경은 일
반적인 그것이 아니었음을 알 수 있다.

나는 참상을 그렸고 주혜가 죽었을 거라고 울고 또 울었었다."[8]라고만 언급했다. 여학교 시절의 소중한 단짝 주혜가 서울에서 죽었을 것이라는 짐작에 울었을 뿐, 그녀는 전쟁 자체와 주변의 비극에 대해서는 전혀 언급하지 않았다. "아버지의 간곡한 권유와 또 커틀라인 높은 학교에 대한 우등생다운 유치한 무의식의 흥미로 법대에 입학"한 뒤에도 "배우는 학과마다 당위(du sollst, 當爲)였고 로마 제국의 법언(法諺)과 양피지 냄새가 났"다면서, "조금도 리얼하게 느껴지지가 않았다."[9]고 했다.

리얼하지 않다는 감각은, 당시의 그녀에게 실제 삶의 대부분을 가리키는 건 아니었을까. 한국전쟁 당시 그녀는 한국의 현실이 아니라 서구의 철학과 문학과 음악에 심취해 있었다. 시인 고은은 부산 피난 시절 전혜린과의 만남을 이렇게 회상한다.

8   전혜린, 『이 모든 괴로움을 또 다시』, 101쪽.

9   전혜린, 「독일로 가는 길」, 『그리고 아무 말도 하지 않았다』, 43쪽.

스타 다방은 중견 작가 신인 작가들뿐이 아니라
이일, 오상원과 황운헌 들도 옹기종기 모였다. 그때
법대 1학년의 여학생 전혜린, 배동순이 대담하게
다방에 나왔다. 이일, 황운헌 들의 자리로 전혜린의
쪽지가 날라온다. 〈에트랑제들이여…〉라는 사연이었다.
그녀는 그들에게 담배도 사주고 때때로 술값 몇 10원도
쥐어 주었다. 모든 사람들이 전쟁으로 조숙한 것이다.
전혜린은 그의 내면과 그의 외계가 함께 그들 누구보다
일찍 저 자신을 표현케 한 것이다.[10]

전혜린의 친구이자 그녀의 평전을 쓴 이덕희는
이렇게 전한다.

부산 피난 시절 혜린이가 부산역 앞에 자리 잡고
있던 서울다방(돌체)에 앉아 음악에 취해 있던 모습을

---

10 서은주, 「경계 밖의 문학인: '전혜린'이라는 텍스트」, 《여성문학연구》 11호, 2004년,
39쪽에서 재인용.

기억하는 친구들은 꽤 많다. 어떤 땐 그녀는 하루 종일 죽치고 앉아 레코드에서 나오는, 앙리 뒤파르끄가 작곡한 보들레르의 시 「여행에의 초대」를 한 구절, 한 구절 따라 부르기도 했다.

이덕희가 전하는 「여행에의 초대」 마지막 구절은 이러하다. "거기선 모두가 질서와 아름다움 / 호사, 고요, 그리고 일락."[11]

서명에 '부산'이라고 쓴 것으로 보아 역시 휴전 직후에 쓴 것으로 추정되는, 동생 채린에게 보낸 편지에는 동생의 지적 고양에 대한 세세한 계획과 '설계도'를 그리기도 했다. 채린은 "박물관 수풀 속에 뒹굴면"서 보들레르, 하이네, 괴테, 바이런, 『이방인』을 읽을 것이고, 남산에 올라가 벗과 함께 독서에 대한 치열한 논쟁을 벌이는 와중에 "목이 마르면 샘물을 마시고, 피곤하면 잔디 위에 누워서 별을 싫을 때까지 세다가" 돌아올 것이다.

---

11 이덕희, 『전혜린』, 나비꿈, 2012년, 177~179쪽.

전혜린 자신은 집에서 진한 커피와 사과, 귤, "한 잔의 밀크,
한 개의 달걀과 베이컨, 그리고 토스트"로 식사 준비를 하며
동생의 공부를 도울 것이라 했다.[12]

전쟁 이후 한국의 최대 격변기였던 1960년과
1961년에 쓰인 전혜린의 일기에서도 현실 사회에 대한
관심은 사소하게 취급된다. 적어도 출판된 버전의 일기
『이 모든 괴로움을 또 다시』에선 1960년 4·19 혁명에 대한
언급이 전혀 없고(아예 당시의 일기가 쓰이지 않았는지 혹은
출판 당시 뺐는지 여부는 알 수 없다.), 1961년 5·16 쿠데타에
대해서는 이 정도로 슬쩍 건너다볼 뿐이다.

새벽 4시경, 간간이 계속되는 총성에 놀라서 들어
보니 매우 격렬해져서 온 집안이 깨고 온 마을과
도시가 깨었다. 약 20분가량 격렬했던 총성이 멎고
방송에서 육·해·공군, 해병대 등이 합해서 쿠데타를
일으켰음을 육군참모총장 장도영의 이름으로 설명했다.

---

12   전혜린, 『이 모든 괴로움을 또 다시』, 294~295쪽.

그리하여 '제3공화국'은 탄생한 것이고 아까의
총성은 그의 진통이었던 것이다.[13]

밀수선 나포, 선장 구속, 미곡가 올린 쌀장수 구속,
2할 이상 잡곡 섞으라는 지시 어긴 음식점 3일간 영업
정지, 무허가 댄스 홀 습격······ 아무튼 '제3공화국'은
'제2공화국'보다는 훨씬 활발한 움직임을 보여주고
있다.

정말로 깨끗한 정치가들이 정치를 해준다면 유니폼
입고 잡곡 먹고도 전 국민이 불만 없이 일할 것이다. 꼭
성공하기를, 국민을 기만하지 않고 실망시키지 않기를
빈다.[14]

전혜린이 그 두 해 동안 쓴 일기는, 한국 사회의
운명에 대한 관심이 아니라 그녀의 삶을 성찰하고

---

[13] 1961년 5월 16일 자 일기. 위의 책, 207쪽.
[14] 1961년 5월 21일 자 일기. 위의 책, 208쪽.

미래를 숙고하는 쪽에 집중되어 있다. 그녀는 "나의
의식의 면으로 볼 때는 1960년은 하나의 침체기"였으며
"한국적인 사회제도에 휩쓸려서 강렬한 노력이 없었던
정신의 게으름의 한 해"였다며, "1961년이야말로 여러
가지로 중대한 해일 것 같다. (……) 우리의 본질이 위험
속에 극한에까지 과감하게 시도해 보는 과감성 속에 있는
것임을 생각할 때 올해는 어떤 의미로는 실존 철학적인 생활
분위기(existenzphilosophische Lebens Stimmung)에서 살아야
할 충실한 해일 수 있는 것 같다."라고 거듭 다짐했다.[15]
'이곳이 아닌 어딘가', 더 정확하게 말하자면 현실적
폭력이나 복잡한 역학 구도가 존재하지 않는, 어쩌면 '책의
천국'에 가까운 어딘가에 대한 강렬한 회구는 '이곳'에 대한
혐오로 이어질 수밖에 없다. 문학평론가 김윤식은 전혜린의
글에서 한국문학에 대한 언급을 찾아볼 수 없다는 점을
지적한 바 있는데,[16] 그보다 앞서 일기나 편지라는 사적

---

15 1961년 1월 4일 자 일기. 위의 책, 155쪽.

16 김윤식, 앞의 책, 133쪽.

매체에 썼던 한국 자체에 관한 기록은 실망과 냉담한
거리감으로 점철되어 있다고 해도 과언이 아니다.

　　1958년 유학 중 동생 채린에게 보낸 편지에서
전혜린은 최신 한국 잡지를 보고 크게 낙담했다면서
"서구의 지성을 지향해줘! '한국적'으로 머물지
말아줘!"라고 당부했다. "예를 들면 창작인데 '테마'에
대한 명석한 집중이 없다. 전연 자기가 무엇을 말하려는지
모르고 있다. (……) 추악한 사실성에만 집착하고 있는
문장이 아니면 또 조금 야심이 있다는 글은 꼭 열등생의
논문 같다. 허세와 억지의 지성은 이미 지성이 아니라는
것조차 모르고 있는…… 관념과 언어와 수치감도 없이
유희하고 있다."

　　또 독일의 많지 않은 한국 유학생들에 대해서도
"유물주의자, 배금주의자들"이라는 신랄한 비판을 퍼부으며
구토가 난다고 편지에 썼다.

　　지금은 여기서 한국사람 하면 '나라는 거지같은 게
　돈은 함부로 쓰고 사치에 미친 어리석은 민족'으로

낙인된 지 오래다. 눈이 올바로 붙고 자기의 위치와 얼마나 많은, 우수한 한국 학생의 대표로 자기가 여기 와 있다는 것, 얼마나 비싼 돈을 보내 받고 있다는 것을 인식하고 사는 학생이 극히 적다. 대부분이 타락해 있다. (……) 이런 인간들을 볼 때는 이런 인간만이 가득 모인 것이 '한국'이라면…… 하고 생각이 나고 한국이 죽어도 가기 싫어진다.[17]

점점 더 자신의 삶이 무기력하고 공허하다며 절실하게 토로하던 1962년도의 일기 중, 8월 26일 자 글을 보자. 이날 전혜린은 딸 정화와 함께 보트를 타러 뚝섬에 놀러간 것으로 보이는데, "비참한 오두막, 헛간도 아닌 포대를 걸어 놓은 탈의실, 더러운 식당, 사람이 기름독에 빠진 개미같이 꽉 엉켜 있는 풀, 보트도 띄울 수 없었다. 근처에서는 뚝섬의 영원한 체취, 인분 냄새가 끝없이

---

17 이덕희, 앞의 책, 203~205쪽.

나고…… 기차를 10분이라도 탄 것은 즐거웠다."[18]라며
진저리를 쳤다. 1963년 6월 22일의 홍수에 대한 일기 역시,
한국의 현재에 대한 실망과 개별적인 연결 고리가 없는
타인을 향한 무심함이 스며들어가 있다. "비가 몹시 온
하루다. 강우량이 168밀리미터인 모양. 예의 축대와 집이
무너지는 소동, 압사한 어린애, 집을 잃은 사람들의 비극이
또 등장했다. 보리도 7할이 감수라고 떠들고 적미병(?)
때문에 쌀도 없고, 사탕가루, 밀가루 다 없다고 한다.
그러고도 선거만 하겠다고 벼르고들 있다." 이 일기의
마지막 문장은 이러하다. "권태롭기만 하다."[19]

꿈에서라도 한국을 탈출하려는, 정확하게는 지금의
피로하고 권태로운 삶이 아니라 자신이 완벽하게 만족할 수
있는 삶을 꾸리고 싶다는 간절한 소망은 필사적이기까지
하다. 1961년 1월 3일 일기에선 "꿈에 베니스에 가서
다니엘리 호텔에 유람객으로 투숙했다. (……) 하여간 기분

---

18 전혜린, 『이 모든 괴로움을 또 다시』, 245쪽.

19 위의 책, 273쪽.

좋았다."[20]고 썼고, 1963년 7월 7일과 7월 22일 일기에선
유치진 선생과 동독 여행을 하는 비슷한 꿈을 연달아
꿨다면서 "호화스러운 연극 학교, 유 선생의 자가용
비행기(Privat flugzeug)…… 꿈의 꿈이랄까, 깨고 싶지
않아서 인공적으로 자꾸 꿈을 연상시켰다."[21]는 아쉬움을
토로했다. 한국의 폭염을 불평하며 "뮌헨에서는 여름의
감각을 여기서처럼 혹독하고 극단적인 방법으로 느낀
일이 없다. 언제나 절도 있게 더웠고 충분한 습기가 공기를
무겁게 축이고 있어서 한 주일 중 엿새는 흐리거나 비가
내렸으니까."[22]라고 회상했고, 한국의 11월의 "회색 하늘과
습기 있는 추위"[23] 앞에서는 뮌헨을 연상했다. 깨고 싶지
않은 꿈은 뮌헨을 배경으로 하는 것이었고, 정반대의 것을
봐도 뮌헨이었고, 닮은 것을 봐도 뮌헨이었다.

한국을 증오한다는 것은 거기 머물러야 하는 자신에

---

20 위의 책, 149쪽.
21 위의 책, 274쪽.
22 위의 책, 215쪽.
23 위의 책, 234쪽.

대한 증오로 빠져들 수밖에 없기 때문에 전혜린은 애써 한국에서 '유럽적인' 것을 찾으려 노력하기도 했다. 여름에 만리포로 놀러가 "리비에라와 똑같은 감색 바다가 그곳에도 아무도 모르는 보석처럼 암석 틈에 차갑게 괴어 있었다. 영원의 상처럼 또는 신비스러운 눈동자처럼……."이라고 썼고, 태풍이 몰아치던 밤엔 그곳의 모래 언덕에 올라가서 바람 소리에 귀를 기울였다. "어디서 '히스클리프! 히스클리프!'하고 부르는 소리가 바람에 섞여 들려오는 것만 같아서."[24]

---

[24] 전혜린, 「1964년 여름·만리포」, 『그리고 아무 말도 하지 않았다』, 105~106쪽.

심지어 서구에 대한 관심도, 1950년대라는
문제적 시기를 거치던 서구 사회의 진통에까지 다다르지
않았다.[1] 체 게바라와 피델 카스트로가 쿠바 혁명에

---

[1] 어떤 의미에선 전혜린이 1958년 10월 15일 일기에서 "문득 달 로켓을 생각했다.
나는 그것이 언제까지든 실패하기를 빈다. 영원히 도달할 수 없고, 또 침묵에 갇혀
있는 달이기 때문에 이처럼 사람들이 동경하게 되는 것이 아닐까? (⋯⋯) 과학이란
쓸데없는 간섭을 하고 기계를 주무르며 인간의 꿈을 파괴하고 만다는 대명사인가!
나는 알고 싶지도 않다. 달나라에 가고 싶지도 않다. 그저 그리워 하고 싶을 뿐이다.
다만 꿈을 갖고 싶다."라고 쓴 구절을 떠올리게 된다. 1959년 1월 2일 발사된 소련 최
초의 무인 달 탐사체에 관한 기사를 읽고 쓴 일기가 아닐까 추측해볼 수 있는데, 여
기서도 그녀는 '실체를 알기'보다 신비롭게 남아 있는 꿈을 더 갈망한다. 전혜린, 『이
모든 괴로움을 또 다시』, 20~21쪽.

성공하던 1959년의 그 흥분된 무렵인 2월 28일 자 일기다.
"쿠바에서는 날마다 사람들이 총살당하고 있다. 혁명
후에는 언제고 인간은 피에 굶주리고 복수심에 불탄다.
이 세상에는 무엇 때문에 많은 불쾌가 존재하는가?
그렇지 않으면 내가 정신 이상으로 비정상적인가? 내가
미친 것일까?"[2] 1961년 8월 3일에는 서울 중부극장에서
개봉한 히틀러 기록 영화 「나의 투쟁(Den blodiga tiden)」을
보았다고 적혀 있다. 보통 다른 영화들에는 한 줄씩이라도
감상평을 일기에 기록하던 그녀답지 않게, 이 영화에
대해서는 철저하게 침묵을 지킨다. 왜 그랬을까? 그녀가 이
영화를 본 이유는 다만 독일에 대한 그리움 때문만이었나?
히틀러와 2차 세계대전, 그녀가 직접 목격했을 전후 독일의
혼란스러움은 그녀가 추억하고 싶어 하는 독일의 풍경에서
삭제된 걸까? 혹은 영화 속 히틀러의 모습이 한국의
근상황과 너무 닮아 있었기 때문에 불쾌해서 딱히 언급할
필요도 못 느낀 걸까?

---

2 위의 책, 131쪽.

전혜린은 1959년 뮌헨에서 쓴 일기에서도, 보리스 파스테르나크의 책을 번역하면서 틈틈이 파스테르나크와 그가 아꼈던 시인 마야콥스키에 대한 찬탄을 일기에 기록한다. 이를테면 마야콥스키의 글 「나선 피리」에서 "혁명은 우리의 의지에 어긋나게 너무도 오랫동안 억제되었던 호흡처럼 모든 사람이 부활하고 중생했다! 가는 곳마다 변화요, 혁명이다! (……) 사회주의(Da Sozialismus)는 모든 개인적 혁명들이 동시에 급류를 쏟아붓는 바다, 색과 자유의 태양, 창조력이 풍부한, 천재에 의해 영감을 받은, 우리에게 상징적으로 계시되는 생의 바다, 바로 그것인 것처럼 나에게는 생각된다."[3]라는 대목을 옮겨 적기까지 했으면서도 동시에 파스테르나크같은 위대한 작가가 "소비에트 러시아에 있을 수 있다는 사실은 하나의 경이다. (……) 소비에트의 권력자나 집권자들이 그를 멸하지 못하게 되기를!"[4]이라고 기원한다. 즉 자신이

---

3 1959년 1월 10일 자 일기. 위의 책, 67쪽.

4 1959년 2월 11일 자 일기. 위의 책, 104쪽.

사랑하는 작가 중 한 명이 그토록 사회주의 혁명에
흥분하고 열렬한 찬미를 바친 것에는 무감각하지만,
파스테르나크가 사회주의 사회에서 탄압받기 때문에
노벨상을 수상하러 출국하지 못했다는 사실에는 분개하며
흥분한다. 그녀는 이 작가들이 러시아의 어떤 시대에 어떤
일을 겪으며 작품에 그것을 반영했는가 자체는 크게 관심이
없는 듯 보인다. 그저 그 작가의 문장, 거기서 찾아낸 '나
자신'에만 몰두한 쪽에 가깝지 않을까.[5]

전혜린은 1961년 1월 2일 일기에서 "단성사에 가서
「협잡꾼들(Les Tricheurs)」을 보았다. 『서양의 붕괴(*Untergang
des Abendlandes*)』가 생각나는 작품이다."라면서, "한국이
물질문명에서 아직 봄이나 여름의 단계임을 축복하고
싶어졌다. 극도의 테크닉의 완성과, 개인주의의 모럴의
세련과, 보다 건강하고, 영양 좋은 육체를 가진 그들의
광분(狂奔)은 우리의 하이틴의 그것과의 사이에 몹시

---

5   전혜린은 1959년 1월 16일 일기에 이렇게 썼다. "약 6~7시간 번역을 하였다. 파
스테르나크는 점점 나에게 친근해진다. 비록 그의 문장이 때때로 번역하기 불가능한
것이지만, 그의 인격과 영혼을 나는 아주 잘 파악할 수 있다." 위의 책, 75쪽.

거리가 있다. 우리는 아직도 동물적 성실성(Tierischer
Ernst)을 가지고 있다. 무언지 애쓰고 일하고 당연히
고생하고도 가난하게 사는 운명을 수락하는 체념의
전통과 약간의 물질, 경멸 내지 초연주의(超然主義)가
남아 있다."[6]고 썼다. 여기서 말하는 '서양'은 유럽이 아닌
미국적인 것을 뜻한다. 그녀는 나흘 뒤 일기에선 미국을
다녀온 지인 S에 대해 "그 애의 우월감(이유 없는)과 초연함,
머리·화장·복장에서만 과시하려는, 그곳에만 미국 갔다
온 사람의 특성을 가냘프게 유지하려는 초조하고 혼자
거만하고 일반적으로 무례한 태도"를 냉소적으로 회상한다.
"문화나 문명이 발달시켜놓은 그것의 노예가 되어버린,
자기도 모르게 물질 숭배자, 따라서 배금주의자가 돼버린
것이 구미인"이라 생각하는 전혜린은, 지인 S가 "완전히
속물"이 되어버린 것은 미국 때문이 아닐까 하며 지독한
경멸을 금치 않는다.[7]

---

6   위의 책, 147쪽.

7   위의 책, 157~158쪽.

그녀는 뮌헨에서도 미국인처럼 청바지를 입고 재즈에
열광하는 청소년들에게 뜨악한 시선을 보낸 적이 있다.
섹스와 자유에 탐닉하며 과거를 부정하는 그들에 대해
"인간의 한계를 초월하려고 시도하지 말고 자기의 내부에
파고드는 것, 내적 관조에 의해서 어떤 체념적인 긍정을
얻는 것만이 우리가 할 수 있는 일의 전부일 것이다."라며
비판적인 태도를 취했다.[8] 그럼에도 불구하고 "독일의
위대한 정신의 전통이 그대로 흘려내려와 있는" 독일
대학에 진학하여 "주야를 안 가리고 인식에 바치고 있"[9]는
"극소수의 특수한 재능이나 이상을 지닌 학생"에게는
찬탄을 보낸다. 전혜린의 이상은 바로 그런 존재 방식을
향하고 있었기 때문에, 1957년 채린에게 보낸 편지에서
"예술과 학문과 자기완성에의 끊임없는 정진으로 덮어버려,
아무런 다른 틈이 남아 있지 않는 정말의 학생(독일이나

---

8 전혜린, 「덫에 걸린 세대」, 『그리고 아무 말도 하지 않았다』, 92쪽.
9 전혜린, 「레오폴드 가의 낙엽 소리」, 위의 책, 73~74쪽.

프랑스의 학생 같은 학생)이 되어줘!"[10]라고 강조할 수 있었다.
그녀에게 서구는 미국-물질, 유럽-정신이라는 이분법으로
구분되어 있었고, 유럽인 중에 "한국의 전(全) 심각을
합쳐도 모자랄 만큼 심각한 사고와 의식으로 살고 있는
극히 순수한 몇 개의 두뇌"가, 바로 그런 사람들만이
"세계의 역사"[11]를 만들어갈 수 있다면서 순진한 경탄을
표했다.

　　　이 부분에서 내가 궁금했던 건, 한국과 독일
사이의 도저히 건널 수 없는 간극 앞에서 전혜린이 끝끝내
고수했던 태도의 또 다른 부면이다. 자기혐오를 극복하기
위해선 자기기만이라든가 허위의식이라는 포장이 필요했을
것이다. 전혜린은 동생에게 쓴 편지에서 "영영 나는
구라파 사람이 될 것 같기도 한 이상한 예감도 있곤 한다.
구라파에 매혹되고 정복당하고 말 것 같은⋯⋯. 독일의
비길 데 없는 이성과 선의에 가끔 지고 말 것 같은 나를

10　전혜린, 『이 모든 괴로움을 또 다시』, 300쪽.

11　위의 책, 148쪽.

발견하기도 한다."[12]고 꿈꾸듯 고백한 적 있다. 내 출신은
이곳이지만(혹은 내 몸은 여기 있지만) 내 정신은 다른 곳에
있다, 너희들(한국 사회)은 나를 완벽하게 가둬두거나
소유하지 못한다는 자신감 같은 것일까. 뮌헨 대학을
통틀어 단 한 명의 한국인 여성이었던 그녀, 전후 재건에
여전히 박차를 가하고 있던 가난하고 전근대적인 국가
출신인 그녀가 어떻게 (감히!) 스스로를 세계시민, 적어도
유럽인의 일부로 간주할 수 있는 걸까.

  그녀는 1959년 1월 10일 자 일기에서 스쳐가듯
"지난해는 나에게 대체로 만족할 만한 해였다."[13]면서 몇
가지 이유를 드는데, 그중 하나가 세계 박람회 관람이었다.
1958년 벨기에 브뤼셀에서 열렸던 세계 박람회는 2차
세계대전 이후 열린 첫 번째 대규모의 박람회로서, 전쟁을
반대하고 과학의 진보로 인류의 화합과 공존을 가능케
하자는 모토를 담고 있었다. 박람회 전반을 통틀어 가장

---

12 위의 책, 309쪽.
13 위의 책, 64쪽.

많이 등장한 단어는 '포스트모던'이었으며, 그때 가장
주목받은 기념관 중 하나는 르코르뷔지에가 설계한
필립스의 기업전시관이었다.[14] '모던'이 채 도달하지 않은
고국과 이미 '포스트모던'을 논하는 세계 박람회 사이,
그 사이의 역사적·사회적 맥락을 전혀 감각하지 못하는
전혜린의 정서는 자신이 경험한 적 없는 서구의 모던을
따라잡기 위해 처음부터 시작하는 것이 아니라, 그저
그들과 함께 간극을 건너뛰며 이미 '포스트모던'을 향해
달음박질치고 있었는지도 모르겠다.

　　전혜린이 자신의 판단력을 얼마나 굳게 믿고 있는가
하면, 수필 「도나우 강 기행」에서 초록 혹은 분홍색의
"수없이 많은 코테이지가 마치 비둘기처럼 귀엽게 다닥다닥
세워져" 있고 "마당이나 테라스에서 귀여운 비인 아가씨와

14　전혜린이 에세이 「지나간 시절의 미각들」에서 "브뤼셀 뒷골목에서 사먹었던 고
동"과 "맛있게 탄 노리끼리하고 가무스름한 딱딱한 껍질을 쪼개면 속에서 눈같이 희
고 보드라운 살"이 나오는, "분홍빛 잼을 얹고 크림 커피와 함께 먹었던" 브뤼셀의 빵
을 그리워하는 건 아마 이 세계 박람회의 기억에 동반되는 감각으로 짐작된다. 전혜
린, 『그리고 아무 말도 하지 않았다』, 126쪽.

　　　　　　　　　　　　　　　　　문학소녀

애인이 식사를 하거나 일광욕"을 하는 풍경을 보트 위에서
바라보면서, "비인 사람의 쾌활하고 솔직하고 구김살
없고 거리낌 없는 대도회인다움, 세련된 감각과 심미주의,
찰나적인 쾌락의 추구…… 그러면서도 한없이 호인이고
악의나 치사한 점은 티끌만큼도 없는 성품이 무슨 계시처럼
일순간에 파악되었다."[15]고 썼다. 한국에서 기를 쓰고
극장을 찾아 유럽 영화들을 볼 때처럼,[16] 그는 어디까지나
보트 위 구경꾼의 시선으로 유럽의 삶을 일별하며,
특정인의 편집을 거친 파노라마적 비전이 어떤 본질을
잡아챈 계시적 이미지라고 자신했다.

　　그는 한국과 완전히 다른 역사를 거친, 한국과
비교할 수 없는 수준의 교양과 지식을 축적해온 환경을
부러워하고, 미국-물질 대 유럽-정신이라는 이분법적
구도를 고수하며 유럽의 정신이야말로 "정말"이라고

15　위의 책, 71쪽.

16　"「Vérité」를 보았다. 역시 불란서 영화는 최고라는 느낌. 그리고 흑백이 본도(本道) 같다." 1962년 8월 26일 자 일기. 전혜린, 『이 모든 괴로움을 또 다시』, 244쪽.

동생에게 역설했다. 동시에 "약간 구라파적으로
세련된 미개인들에 있어서는 유럽·콤플렉스(Europa-
komplex)라고도 부를 수 있는 것과, 그들의 피부색에
의한 열등 감정을 볼 수 있다(Jung의 말)."고 일기장에
적어 넣으며 씁쓸하게 덧붙였다. "열등 감정의 분위기는
불확실성과 불안정성이라는 두 말로 요약할 수 있다."[17]
그는 이렇게 한탄하기도 했다. "신은 왜 파스칼에게
있어서처럼 나에게도 구현해 보여주시지를 않는 것일까?
(……) 신의 총아(favarte)는 다만 구라파인인 것일까?
아시아·아프리카는(회교도도 물론) 잊혀진, 잃어버려진
대륙(vergessene, verlorene Kontinente)이란 말인가? 생각하면
할수록 괴로울 뿐이다. 마치 지혜의 사과는 나 혼자 먹은 양
왜 나만 괴롭힘을 당해야 하는가? 그것도 스스로 사서?"[18]

---

17 1961년 11월 17일 자 일기. 위의 책, 238쪽.
18 1961년 1월 7일 자 일기. 위의 책, 169쪽.

문학소녀

4 —————— 전혜린은 '창작'하지 못했는가

'세계인적' 감각은 필연적으로 세계문학(정확하게는 서구 문학)으로 쏠리게 된다. 전혜린의 어린 시절을 사로잡은 것은 한국문학이 아니라 앙드레 지드의 『지상의 양식』과 마르탱 뒤 가르의 『회색 노트』 같은 소설이었다. 10대 시절 전혜린은 친구 주혜와 함께 『지상의 양식』의 한 구절, "나타나엘이여, 우리는 비를 받아들이자."에 감동받은 나머지 "폭우 속을 우산 없이 걸어다녔"고, 회색 노트를 구입하여 매일매일 교환 일기를 함께 썼다.[1]

---

1 전혜린, 「목마른 계절: 이십대와 삼십대의 중간 지점에서」, 『그리고 아무 말도 하

어려서부터 한국문학에 관심이 없었거나 거의 접할 기회도 없었을 것이다. 1900년대 초기부터 일본을 통해 식민지 조선에 전해진 세계 명작 전집은 당대 엘리트들의 교양의 척도였고, 아마 최고 엘리트였던 아버지의 손길을 거쳐 그녀는 '세계' 명작이라 일컬어지는 서구의, 정확히는 유럽의 문학을 자연스럽게 접했을 것이다. 무엇보다 일본의 관료로 충실히 복무했던 아버지가 '천한' 식민지 조선의 문학을 권했을 것이라고는 상상할 수 없다. 그런 성장기를 거친 전혜린은 아주 친숙하게 서양의 문학에 매혹되어 있었고 일생 동안 그런 좋은 소설들을 번역해서 널리 읽히게 하거나, 더 은밀하게는 루이제 린저의 『생의 한가운데』 같은 소설을 쓰고 싶다는 욕망에 사로잡혀 있었다.

흥미로운 것은 니체와 보리스 파스테르나크, 루이제 린저와 프랑수아즈 사강, 프랑수아 모리아크, 장 콕토 등으로부터 인용한 구절로 자신의 마음을 온통 전달했던 전혜린의 일기에 딱 세 명의 한국 작가가 등장하는데, 모두

─────────────

지 않았다』, 95쪽.

여성들이라는 사실이다. 강신재, 손소희, 박경리. 그 등장의
이유는 그들의 작품에 대한 소견을 밝히기 위해서가 아니라
바라보는 대상으로서의 매혹에 가까운 인상 비평을 하기
위함이다. 그나마 손소희의 작품에서 '유일하게 좋은
문장'이라고 뽑는 문장 역시 딸 정화를 향한 자신의 마음을
표현하기 위한 수단으로만 쓰인다.(손소희는 전혜린이 글을
자주 썼던 당대의 최고 여성지 《여원》에 에세이와 소설을 연재했던
필자이자 '아프레걸'의 전형을 창조한 작가기도 한데, 전혜린은 이런
사실에는 무관심했던 것일까.) 그들은 전혜린에게 '작가'로서가
아니라 동시대를 살아가는 여성, 어쩌면 자신과 동류일지도
모르는 여성으로서 인지된다.

> 강신재 씨 사진이 큰 것이 입수되어서(인쇄된
> 것이지만) 책상 앞에 세워 두고 늘 본다. 소녀같이
> 섬세하게 아름다운 여인이다. 특히 검고 큰 눈이…….[2]

---

2 1961년 11월 20일 자 일기. 전혜린, 『이 모든 괴로움을 또 다시』, 240쪽.

손소희의 「리라기」[3]에 좋은 말이 꼭 하나 있었다.

'여자는 약하다. 그러나 어머니는 강하다. 특히

미사(리라의 딸 이름)의 어머니는……' 나도 똑같이

말할 수 있다. '여자는 약하다. 그러나 어머니는 강하다.

특히 정화의 어머니는……'이라고![4]

멋있는 사람은 박경리 씨. 안 빗고, 안 지진 머리,

---

3 손소희의 「리라기(梨羅記)」는 독립운동 때문에 일본 경찰에 쫓겨 어디론가 도망
친 남편을 몇 년째 기다리는 여성 리라의 번민을 다룬다. 원래 이름 '순이'가 아니라
남편이 붙여준 이국적 애칭 '리라'를 자신의 정체성으로 삼은 그녀는, 아빠의 얼굴조
차 기억하지 못하는 어린 딸 미사를 키우고 있다. 북쪽 지역 학교에 교원으로 부임하
게 된 그녀는 그곳에서 진성을 만나고, 적극적인 구애를 펼치는 그에게 잠시 마음이
흔들리지만 남편을 생각하며 애써 정신을 다잡는다. 해방이 찾아오고 불쑥 소좌이
자 부사령관의 직함을 달고 등장한 남편은, 그 사이 리라를 닮은 간호사 니나와 사
랑에 빠졌다며 용서를 구한다. 크게 실망한 리라는 더 이상은 남자에게 매달리거나
남자의 약속 같은 것에 구애받지 않고 살겠다고 결심하며 그녀를 계속 기다리는 진
성마저 외면하고 낯선 지역에서 새 삶을 시작한다. 하지만 남편이 큰 병에 걸렸다는
전보를 받고 리라는 다시 돌아와 그의 병상을 지킨다. 한국에서의 결혼과 연애가 너
무나도 남성중심적으로 불공평하게 돌아간다는 걸 깨닫고 그 제도에서 탈출하길 꿈
꿨던 리라의 마지막 선택이 모호하게 처리된다. 손소희, 「리라기」, 『손소희 작품집』,
손보미 엮음, 지만지고전천줄, 2010년.

4 1961년 1월 25일 자 일기, 전혜린, 『이 모든 괴로움을 또 다시』, 192쪽.

신경만이 살아 있는 듯한 피부, 굵은 회색 스웨터 바람,
검은 타이트 치마, 여학생같이 소탈했다.[5]

부연하자면, 전혜린이 무척 애착을 가지고 닮고 싶어
했던 건 서양 여성 작가들이었다. 니체와 릴케의 사랑을
받았던 루 살로메(전혜린은 독일의 도서관에서 몰래 살로메의
사진을 칼로 도려내어 한국에 갖고 왔고, 벽면을 덮을 정도로 크게
확대하여 집에 붙여놓았다고 한다.),[6] 루이제 린저와 그녀가
창조해낸 『생의 한가운데』의 불멸의 주인공 니나 부슈만,
프랑수아 모리아크의 주인공 테레즈 데케루처럼 "그녀가
예쁘고 밉고는 생각할 겨를도 없이 사람들은 대번에 그
매력에 홀려버릴"[7] 정도로 매혹적인 서양 여성들.

당연한 일이지만 매체에 발표하지 않은 사적
일기에는 에세이보다 더욱더 정제되지 않은 감상이

---

[5] 1964년 2월 28일~ 자 일기. 위의 책, 282쪽.

[6] 이덕희, 앞의 책, 62~63쪽.

[7] 이덕희, 위의 책, 109쪽에서 재인용.

온통 흩뿌려져 있다. 자의식 과잉이라는 말을 사용할
때 전혜린의 일기보다 더 좋은 텍스트는 없을 것이다.
기실 그녀에게는 그 어떤 서양 소설보다도 자기 자신의
정신이야말로 평생을 두고 끈질긴 분석을 요하는 예술
작품이었다.

그녀는 때때로 창작에 대한 욕망을 내비쳤지만,
작품을 완성하는 대신 일기를 엄청나게 많이 썼다. 창작을
하겠다는, 평범한 선생이 아니라 특별한 예술가가 되고
싶다는 욕망을 매일 일기에 쓴 것이다. 그리하여 그녀의
일기는 매일 있었던 사건의 충실한 기록이라기보다는
비슷한 궤도를 오르락내리락 하는 내면의 거울, '반복'에의
집념에 가까워진다. 편지도 많이 썼다. 전혜린에게 편지는
또 하나의 일기에 가까운 매체였다. 더 많은 독자 대중이
아닌 단 한 사람의 청자에게만 자신의 현재 감정 상태를
전달하기 위한 또 다른 혼잣말이었다.

일생에 한 번, 한 개라도 좋은 작품을 쓰고 싶다.

그것을 위해서 살아나간다.[8]

존 오스본(John Osborne)의 『성난 얼굴로
돌아보라(*Blick zurück in Zorn*)』를 읽었다. 극히 격렬하고
충격적으로 묘사되었기 때문에 책을 읽을 때
육체적으로 견디기 어려운 무엇을 느낀다. 그는 나보다
네 살밖에 더 먹지 않았다. 난 4분의 1세기 동안 무엇을
했나?[9]

어젯밤 꿈속에서 동경에 대한 멋진 시를 썼었다.
깨어났을 때는 유감스럽게 단 한 줄도 쓸 수 없었다.[10]

지금 나의 내면의 순수한 명령은 『생의 한가운데』
같은 책을 쓸 것을, 아니면 번역할 것을 명한다.

---

8 1958년 10월 15일 자 일기. 전혜린, 『이 모든 괴로움을 또 다시』, 19쪽.
9 1959년 1월 30일 자 일기. 위의 책, 92쪽.
10 1959년 2월 2일 자 일기. 위의 책, 96쪽.

그렇지만 인쇄될 수 있을 것인가? 지금은 일본소설 붐인데! (……) 어려서부터 선생과 교사의 직업을 나는 경멸해왔고 지금도 그렇다. 나의 소망의 직업이 있다면 역시 쓰고 싶은 것뿐! 나의 소망의 생방식(生方式)은 역시 사색(Philosophieren)이고…….[11]

긴 소설(또는 짧더라도 소설)을 쓰고 싶다. 올해 안에 꼭 한 개는 써보겠다. 희곡이라도…… 또는 방송극…….[12]

어떤 무서운 압박감, 또 나를 비소화(卑小化)해야 될 필연성 같은 것이 각일각(刻一刻) 다가오고 있는 것 같은 것이…… 누구나가 하는 짓을 하기에는 나의 교육에 여태까지 들인 돈이 아깝지 않을까(패러독스이지만)?[13]

---

11 1961년 1월 7일 자 일기. 위의 책, 167~168쪽.
12 1961년 2월 12일 자 일기. 위의 책, 198쪽.
13 1961년 2월 23일 자 일기. 위의 책, 204쪽.

하지만 1961년 그녀는 '누구나 하는 짓'이
아닌 종류의 그 어떤 창작물도 내놓지 못했다. 그해
10월 1일 일기를 보면, "독일에서 4년, 한국에서 2년은
나로서 완전히 온갖 것에의 의욕을 빼앗아버렸다. 그저
오막살이라도 다리 뻗고 아무도 없는 데서 있고 싶을 뿐.
글을 쓴다니, 번역을 한다니, 학교에 나간다니…… 모두가
긴치 않은 나의 방해물로밖에 생각되지 않는다. 아마
이것은 나의 퇴화를 뜻할 것이다. 아니 나의 종말일지도
모른다."[14]고 우울해했다. 1962년 8월 26일 일기에서 "8월
7일에 신동문 씨한테 청탁받은 방송극은 그동안 6백매밖에
못 썼다. 아직 한 2백 40매 남아 있다. 후기하고……."[15]라고
썼는데, 그 방송극 원고에 대한 정보는 이제 어디서도 찾을
수 없다. 그녀는 방송극 쓰기를 도중에 포기한 걸까? 약
1주일 뒤인 9월 4일에는 "슬프지도 행복하지도 않은 채
나와 무관한 생을 살아가고 있다. 내가 그리고, 몽상하고,

---

14 위의 책, 229~230쪽.

15 위의 책, 244쪽.

바라던 생과는 다른 생을 살아가고 있다."[16]는 구절이
나온다. "무명으로 남을 용기가 나에게는 없다. 무엇인가
뛰어난 것을 나에게 만들어내게 하는 것이 역시 내 큰
관심사다."[17]라는 다짐만 이어질 뿐이다.

　　1962년 12월 발표된 전혜린의 가장 유명한 수필
「목마른 계절: 이십대와 삼십대의 중간 지점에서」에선,
"중학교 때 썼던 글 속에 있는 한 구절 '절대로
평범해져서는 안 된다'라는 소망 겸 졸렌(Sollen, 當爲)이라는
정반대의 사람으로 형성되어진 것 같"고 "지금 가장
평범한 과정을 밟은 가장 '평범한 직업인 아내 어머니'로서
가장 평범한 나날을 보내고 있"다고 애써 담담하게 썼다.
그리고는 10대 시절 여러 번 맛보았던 완벽한 순간들을
회상한다. 부산에서 열아홉, 스무 살 무렵 "너무나 광경이
아름다워"서 "놀이 새빨갛게 타는 내 방의 유리창에
얼굴을 대고" 울었을 때, 혹은 밤을 새고 공부한 다음 날

16　위의 책, 254쪽.

17　1962년 9월 17일 자 일기. 위의 책, 263쪽.

　　　　　　　　　　　　　　　문학소녀

새벽의 "머리가 증발하는, 그리고 혀에 이끼가 돋아나고 손이 얼음같이 되는, 그리고 눈이 빛나는 환희의 순간", 즉 "완벽하게 인식에 바쳐진 순간"들.[18] 늘상 여기가 아닌 다른 곳을 그리워하던 것처럼, 그녀는 자신이 (가지고 있다고 믿었으나) 가지지 못한 재능에 대한 짝사랑으로 점점 시들어가는 듯 보였다.

나는 예전에 이것이 전혜린의 명백한 '열등감'이라고 생각했다. 전혜린의 자의식 과잉이 문제가 되는 것이 아니라 그 자의식을 문학의 형태로 제대로 전환시키지 못했다는 게 재능의 부족을 보여주는 증거라고 여겼다. 『그리고 아무 말도 하지 않았다』와 『이 모든 괴로움을 또 다시』를 다시 읽으면서 가장 크게 느낀 건 "한 세기에 한 번 나올까말까 하는 천재"라던 전혜린의 천재성이 아니라 전혜린의 열등감이었다. 하지만 몇 년이 지난 지금, 전혜린의 글을 재차 읽으며 생각이 바뀌었다.

우선 나는 전혜린의 글을 '제대로' 읽은 적이 없다는

---

18 전혜린, 『그리고 아무 말도 하지 않았다』, 98~100쪽.

걸 깨달았다. 내가 읽은 두 권의 책은, 전혜린의 사후
유족들과 '전혜린 기념출판위원회'에서 그녀가 생전 지면에
발표한 짤막한 글과 일기, 편지를 '편집'하여 내보낸 것이기
때문이다. 『이 모든 괴로움을 또 다시』의 서문에서 '전혜린
기념출판위원회'의 김홍진 회장은 "이 노트와 편지는
애당초 고인의 친구들만을 위한 것이었지만, 차차 낯선
사람들 속에서도 친구를 발견하게 되었고, 또한 마땅히
그래야만 되겠기에 세상에 나와 낯선 사람들 속을 배회해도
무방하리라 믿습니다."[19]라고 썼다. 이 일기와 편지는
'문학'의 엄정한 기준을 들이대어 낱낱이 살필 이유가 없는
사적인 기록물이다.

　　그러므로 전혜린을 생각할 때, '그녀가 창작품을
내놓지 못했다'라는 부분 혹은 '그녀의 수필이나 일기,
편지가 지나게 감상적이고 소녀적이다'라는 부분에 초점을
맞춰 비판할 것이 아니라(애당초 그 일기의 독자는 나나 당신이
아니었다.), 그녀가 쓴 수필과 그녀가 번역한 작품들이

19　김홍진, 「전혜린 전집을 발간하면서」, 전혜린, 『이 모든 괴로움을 또 다시』, 13쪽.

한국문학계에, 혹은 동시대인 1960~70년대 청춘들의 정신세계에 어떤 영향을 미쳤는지를 살피는 게 더 맞을 것이다.

전혜린을 전형적으로 폄하하는 근거 중 하나는
'제대로 된 작품'이 아닌 '수필'만 썼다는 데 있다. 한국에서
수필이라는 형식은 언제부터 이렇게 '천대'받기 시작했는가?
'마음 가는 대로' 가볍게 쓴 글이라는 '인상'은 언제부터
시작된 걸까? 김현주는 『한국 근대 산문의 계보학』에서
수필을 "문학이나 소설이 되지 못한 과도적 형식이나
결여태로 보는 관점이 지배적"이었고, 수필이 "'어떤 과정을
거쳐 문학(소설)으로 발전했는가' 또는 '문학(소설)으로
발전할 어떤 가능성을 내포하고 있었는가'라는 질문을
제기하는 것은, 문학주의적·형식주의적 태도라는

아쉬움"[1]을 토로한 바 있다.

　　한국의 경우 19세기 말부터 잡지와 신문이라는
매체가 대중화되며 독자들에게 익숙해진 '수필'이라는
양식에 대해 처음으로 본격적인 분석을 시도한 이는
춘원 이광수다. 김현주는 춘원 이광수가 1910년대부터
1920년대까지 발표한 「신생활론」이나 「부활의 서광」,
「문학에 뜻을 두는 이에게」, 「조선 문단의 현상과 장래」,
「문학강화」를 두루 살핀다. 이광수는 애초에 영미권
에세이스트 랠프 에머슨, 토머스 칼라일, 토머스 매컬리
등이 발전시킨 "근대적 공론자의 이상"과 "도덕적·지적
비판"[2]이 공존하는 이지적인 사회 담론으로서의 에세이에
경도되어 있다가 차츰 "에세이가 다른 장르와 변별되는
지점은, 그것이 인간의 지·정·의 가운데 특히 감정에
'직접 호소할 수 있는' 형식이라는 데 있었다."[3]며 관점을

1　김현주, 『한국 근대 산문의 계보학』, 소명출판, 2004년, 16쪽.

2　위의 책, 18쪽.

3　위의 책, 25쪽.

바꿨다고 한다. 그는 "'엣세이'는 인생의 구원한 理想(愛,
우정, 행복 등)을 제(題)로 삼아 이지(理智)와 정의(情意)에
직접으로(소설이나 시는 간접이라 할 수 있다) 소(訴)하는
특색이 있다. 특히 이것은 동양인에게는 극히 적당한
문학의 형식이라고 본다."고도 썼다.[4]

　　'모던 경성'의 시대인 1930년대에 들어서며 매체가
폭발적으로 증가하자 온갖 종류의 수필과 기행문 들이
요구되었고, 이런 종류의 '픽션이 아닌 글쓰기'에 관한 더욱
다양한 시선이 등장하기 시작했다. 이를테면 시인 김기림은
1933년 9월에 쓴 글 「수필을 위하여」에서 수필에는 "소설의
뒤에 올, 시대의 총아가 될 문학 형식"이자 "이 시대 문학의
미지의 처녀지", "가장 시대적인 예술"이 될 가능성이 있다고
전망하면서 수필의 '당대적 의미'를 강조한 반면[5] 평론가
최재서는 1939년 2월 「문학의 수필화」를 통해 저널리즘의
상업적 요구가 수필과 맞물리면서 그 수요가 늘어났다면서

4　위의 책, 24쪽에서 재인용.

5　위의 책, 157쪽에서 재인용.

"문학이 '이지 고잉(easy-going)한 만필(漫筆)이 되어가는 것"[6]을 우려했다. 한편 1940년 소설가 이태준은 『문장 강화』에서 수필을 두고 "자연, 인사(人事), 만반에 단편적인 감상, 소회(所懷), 의견을 경미, 소박하게 서술하는 글"이며 "엄숙한 계획이 없이, 가볍게 손쉽게 무슨 감상이나, 의견이나, 무슨 비평이나 써낼 수가 있"는 글이라고 했다.[7] 당대 우아한 수필가로 칭송받았던 김진섭도 1939년 3월의 글 「수필의 문학적 영역」에서 이태준과 비슷한 의견을 피력했는데, 다소 길게 인용해보겠다.

> 수필의 매력은 자기를 말한다는 데 있는 것이
> 아닐까 하고 나는 생각한다. 수필은 소설과는 달라서
> 그 속에 필자의 심경이 약여히 나타나는 것을
> 특징으로 하고, 그래서 그 필자의 심경이 독자에게
> 인간적 친화를 전달하는 부드러운 매력은 무시하기

---

6 위의 책, 158~159쪽에서 재인용.

7 위의 책, 166~167쪽에서 재인용.

어려우리만큼 강인한 것이 있으니 문학이 만일에 이와
같은 사랑할 조건을 잃고 그 엄격한 형식 속에서만
살아야 된다면 우리는 소설은 영원히 가질 수 있을지
모르지만 작가의 마음은 찾아낼 길이 없을 것이다.
우리들 현대인은 소설이 주는 흥취에 빠지려기보다는
소설가가 보여주는 작가의 마음에 부닥치고 싶은
경향이 농후해진 것은 아닐까. 그리고 작가 자신도
허세와 가작(假作)의 세계에서 뇌장(腦漿)을 짜는
거짓된 슬픔보다는 자기 신변과 심경을 아울러
고백하는 참된 기쁨에 취하고 싶은 경향이 농후해진
것은 아닐까.[8]

그리하여 이광수가 1910년대에 처음 생각했던, 특히
영국에서 시민들의 담론을 형성하는 중요한 글쓰기로서의
에세이와 유사하게 '비평'과 '판단'을 요하는 글로서의
수필 개념은 1930년대에 이르러 '고백', '예찬', '대상에

---

8   위의 책, 159쪽에서 재인용.

대한 주체의 감정과 사유', '서정적 산문', '교양의 문학',
'아름다운 산문'으로 수렴되는 경향을 보인다고 김현주는
썼다.[9] 이는 1977년 제1회 현대수필문학 대상 수상자이자
한국의 대표적 수필가로 꼽히는 피천득이 내린 정의,
"수필은 청춘의 글은 아니요, 서른여섯 살 중년 고개를
넘어선 사람의 글이며, 정열이나 심오한 지성을 내포한
문학이 아니요, 그저 수필가가 쓴 단순한 글이다. (……)
쓰는 사람을 가장 솔직히 나타내는 문학 형식이다.
그러므로 수필은 독자에게 친밀감을 주며, 친구에게서 받은
편지와도 같은 것"[10]이라는 정의에서 재차 확인할 수 있다.

　　　　1930년대에 이어 40여 년이 흐르는 동안, 소설과
시라는 대표적 픽션 장르와 먼저 구분되고, 논픽션
중에서도 주관적 감상과 예찬이라는 '사소한' 범위
내에서 정련된 글이라는 수필의 정의가 점점 확립되어
온 것이다. 직업적 문인('수필가'가 아닌 '창작자')에게 수필

9　위의 책, 18, 152, 160, 168쪽 참조.

10　피천득, 「수필」, 『수필』, 범우사, 1988년, 51, 53쪽.

집필은 창작의 범주에 들어가지 않는 대단히 부차적인 일, 상업적 필요에 의해 가끔 쓰는 잡문 정도로 굳어졌다고 보아도 크게 무리는 아닐 것 같다. 1970년대부터 줄기차게 제기된, '수필가' 전혜린에 대한 문학 장의 불편하고 때로는 경멸까지 섞인 시선은 여기서 비롯되는 게 아닐까. '여학생의 감성'으로 점철된 '수필'을 진지하게 받아들이거나 열광하는 독자들을 내려다보는 시선은 여기서 기인한 게 아닐까.

그렇다면 또 다른 질문이 발생한다. '마음 가는 대로 쓰는' 수필은, 정말로 글쓴이의 심경과 감정이 100퍼센트 정확하게 표현된 글인가? 수필과 수필가는 반드시 일대일로 대응하는 존재인가? 수필은 창작이 아닌 '진솔한' 일기에 가까운 글인가? 그렇다면 일기는 진실한가? 자기고백적인 글, 혹은 박혜숙의 표현대로 '자기 서사'[11]

---

[11] "자기 서사는 '나는 어떤 사람인가?', '나의 삶은 어떤 것인가?'라는 물음에 대해 일정한 답을 내리려는 시도에서 쓰이는 것이다. 따라서 자신이나 자기 삶에 관한 특정한 이미지를 스스로 설정하고 그에 입각하여 자신을 재구성하고 형성화하려는 의도가 불가피하게 개입되곤 한다. 의식적이든 반무의식적이든 간에 '남에게 말할

라고 부를 수 있는 종류의 글(수필뿐 아니라 일기, 편지, 자서전 등이 여기 포함될 것이다.)에서 거짓이나 꾸며냄, '픽션'이 존재할 수 없다고 단정하는 믿음의 근거는 무엇인가?

김현주는 이에 대해 "[자서전적 글쓰기] 텍스트는 객관적 실재로서 저자의 진실을 드러낸다기보다 저자가 무엇을 자신의 진실이라고 여기는지를 드러"[12]낸다고 반박했다. 그는 소설가 한무숙이 쓴 수필을 예로 들며, 1963년 출간한 첫 번째 수필집 『열길 물속은 알아도』에 수록된 자전적 텍스트와 1973년에 쓴 수필 「불씨」의 태도의 변화를 주목한다. 한무숙은 1960년대에는 "누대봉사의 대종가로 범절 높은 층층시하"였던 시댁에서의 삶에 대해 "묵은 집안의 인습"과 "상봉하솔의

만한 자기', 혹은 '기억하고 싶은 자기'의 이미지를 설정하고 그에 부합되는 것은 강조하거나 확대하여 기록하며, 부합되지 않는 것은 소홀히 취급하거나 생략하기도 한다. 어떤 자기 서사에든 상당 정도 자기도취나 환상, 자기기만, 자기 합리화나 정당화가 개입하기 마련이다. 그런 점에서 자기 서사에 재현된 '자기'는 작자가 설정한 '자신의 이미지'에 불과하며, 작자의 자기검열을 통과한 뒤에 비로소 재구성된 '자신과 관련된 사실의 일부'일 따름이다." 박혜숙, 「여성과 자기 서사」, 한국여성문학학회 엮음, 『한국 여성문학 연구의 현황과 전망』, 소명출판, 2008년, 222쪽.

12 김현주, 앞의 책, 267쪽.

생계의 어려움"과 "거듭되는 불운이 변질시켜버린
잔인하다고밖에 보이지 않는 인심의 시달림 속에 고달픈
신역의 나날"을 보냈으며, 자신의 처지를 "감정이 없는 한낱
노역부", "남들이 말하는 '며느리는 똥 친 막대기'의 그
며느리"였다고 한탄했지만, 그 과거사를 재통합하여 다시
서술하는 「불씨」에선 "해방 후의 혼란 속에서 월남해오신
어른들과 여러 가족을 모시고 거느리고 겪었던 그 수많은
고초도 이제 모두 은혜로만 여겨진다. (……) 지금 와서
생각하니 완고하고 가혹하다고 생각했던 시어른들은 모두
세대와 사고와 가치관을 나와 달리할 뿐 범절 높고 점잖고
품위 있는 인생의 교사들이었다."[13]고 온화하게 회고한다.
똑같은 사람의 글이라도 특정 시간대의 그 사람이 과거의
자신을 어떤 식으로 바라보느냐, 그 사람의 생각이 어떻게
달라졌는가, 혹은 이 글을 읽는 타인에게 과거 자신의
어떤 모습을 보여주고 싶어 하는가에 따라 상황과 감정이
재배치되고 다르게 해석되는 것이다. 수필을 쓰는 '나'는

---

13 위의 책, 271~273쪽 참조 및 재인용.

문학소녀

자신의 과거와 현재를 가장 잘 아는 당사자이기에, 현재의 상황에 따라 과거를 새로운 맥락에 위치시키거나 다른 각도와 시선으로 해석하는 작업 역시 훨씬 자유롭다.

전혜린의 수필로 돌아오자. 『그리고 아무 말도 하지 않았다』는 저자의 성장기, 독일 유학 생활(과 관광), 딸의 육아일기 등 크게 세 부분으로 나뉜다. 이 중 1950~60년대 동시대 독자들에게 독일로 대표되는 유럽에 대한 동경과 판타지를 심어주었던, 뮌헨과 슈바빙에 대한 지극한 사랑이 행간마다 스며들어간 독일 유학 관련 수필들, 그리고 독일에서 유럽으로까지 확장되는 전혜린의 전적인 헌신과 맹목에 가까운 사랑에 대해 김기란은 '퍼포먼스(performance) 개념을 통한 도시 체험'을 논한 바 있다. 김기란은 "도시와 그것을 경험한 사람들의 관계를 '텍스트'와 '독자/등장인물'의 관계가 아닌 수행적 과정의 '상연(performance)'과 '관객/공연자=배우'의 관계로 파악"하고, 요시미 슌야가 설파한 바 "상연론 관점의 출발점을 이루는 '현실의 세계는 그 자체 항상 상연을 통해서 연극적으로 구성된다'는 전제"를 제시하며,

"기행문의 속성 자체가 경험한 자의 신체 감각이 최대한 동원되어 작성되는 것이며 동시에 그런 감각을 독자에게 생생하게 전달하는 것이라고 한다면, 기행문은 배우가 연기하는 인물에 의해 구축되는 무대 위 가공의 세계를 극적인 효과를 통해 체험하는 공연 관람과 유사한 경험을 글쓰기 생산자와 수용자에게 제공한다고 할 수 있다."고 지적했다.[14] 기행문의 저자는 '관객'이자 '배우'이며, 기행문 속 공간은 '연출된 공간'이자 '연극적으로 구성된 현실 세계의 결과물인 무대'로 이해되어야 한다는 것이다. 어떤 기행문의 저자가 스스로를 매개체로 상정하여 낯선 공간을 독자에게 전달하는 '퍼포먼스'를 진행한다는 점을 염두에 두지 않는다면, 그 글 속에 담긴 저자의 격정적 감상을 "아무런 저항 없이 읽혀야 할 텍스트"로 받아들이는 실수를 범하기 쉽다는 게 김기란의 의견이다.[15]

---

14 김기란, 「1960년대 전혜린의 수필에 나타난 독일 체험 연구」, 《대중서사연구》 16호, 2010년 6월, 70~71쪽.

15 위의 글, 72~74쪽.

이에 동의한다면 전혜린의 독일 유학기, 혹은 서울과 부산, 신의주에 대한 성장기의 추억을 담은 수필을 접할 때 우리는 글쓴이가 노렸던 글의 효과, 독자에게 전달하고 싶어 하는 심상과 정서가 무엇이었는지, 글이 실리게 될 매체의 성격을 어떻게 파악했으며 혹은 그 매체 편집자가 전혜린에게 요구했을 태도와 어조 등이 무엇이었을지를 의식하며 읽어야 한다. 이 글들은 전적으로 전혜린의 '투명한' 내면을 토로하는 글일 수가 없다.

　　하물며 그녀가 공적 매체에 발표한 수필뿐 아니라 사후 문집으로 발간된 일기와 편지는, 엮은이들이 적절히 가감하고 통제하고 심지어 고쳐 썼다는 걸 염두에 두어야 한다.[16] 마치 전혜린이 번역했던 『안네 프랑크의 일기』가

16　1960년대 중반 대학 졸업을 앞두고 있던 불문학자 김화영은 『그리고 아무 말도 하지 않았다』를 편집하고 "박명 속에 전혜린은 서 있다."로 시작하는 발문을 쓴 다음 "이 책을 성공시키려면 명사의 발문이 필요"하다고 여겨 고교 시절의 은사이자 "당대 문단의 '제임스 딘'"이었던 이어령을 찾아가 "존함을 좀 빌려달라" 청했다고 한다. 이어령은 승낙했고, 책은 출간되자마자 큰 인기를 모았다. "나는 원고를 가지고 온 친구와 둘이서 원고 정리(상당 부분은 아예 뜯어 고쳤다), 제목 달기, 에피그라프 첨가, 편집 등을 맡았다." 김화영, 「화전민'의 달변과 침묵」, 『바람을 담는 집』, 문학동네, 1996년, 127~128쪽.

아버지 오토 프랑크의 지휘 아래 '편집'되어 책으로 묶여
나왔던 것처럼, 전혜린의 수많은 자전적 글쓰기가 그
자신이 연출했던 그 자신의 모습이자, 혹은 가족과 지인과
후배 등이 사후적으로 또 다르게 '신화화'를 염두에 두고
연출한 텍스트가 되었다는 걸 잊지 않고 읽어야만 한다.
이것은 세심하게 '가공'된 텍스트다.

전혜린이 유럽에 대한 이상화의 과정을 수필에
썼기 때문에, 그리고 그 감동을 전달하기 위해 한국의
많은 독자들이 알아듣지 못할 외국어 단어를 수필에
섞었기 때문에 그녀의 '사춘기 소녀스러움'에 대한
편견이 강화된 건 사실이다. 그런데 한국처럼 폐쇄적인
나라에서, 19세기 말부터 20세기 중반까지 해외 유학이나
해외여행은 고사하고 국내 여행도 쉽지 않았던 상황에서,[1]

---

1 김현주는 김성학의 『서구 교육학 도입의 기원과 전개』를 참조하며 "미국 유학생
은 갑오개혁을 전후해 구한말까지는 아주 소수에 그쳤다. 1899년에서 1909년까지
약 10년 동안에는 모두 사비 유학생으로 총 64명에 불과"했음을 알린다. 반면 일본

'기행문'이라는 장르에 반쯤 걸치는 글을 쓸 때 글자로밖에 이 광경을 접하지 못할 독자들을 위해 최대한 감각적으로 묘사하는 건 피할 수 없는 일이다. 무수한 기행문, 혹은 공간을 묘사하는 종류의 산문의 저자들은 그런 위험을 무릅썼다. 그럼에도 불구하고 전혜린의 글이 유독 공격의 대상이 되는 건 그의 산문이 다른 누구보다 더 많이 읽혔기 때문이라고밖에는 다른 이유를 떠올리지 못하겠다.

이를테면 수필의 풍자성과 현재성에 많은 기대를 걸었던 시인 김기림의 경우, 조선의 유일한 '메트로폴리스' 경성에 관해 쓰며, 빌딩이라는 것을 단 한 번도 본 적이 없고 영어 단어를 아예 모를 1930년대 서울 이외 지역 사람들까지 읽게 될 글에서 거리낌 없이 현란한 영어 단어를 구사함으로써 도시 풍경을 묘사한다. 그는 지금까지도 교과서와 각종 문학사에서 '모더니즘의 기수'로 설명되는 시인이며, 그의 감각적인 묘사에 대한 논쟁은 적어도 전혜린의 글만큼 크지 않았다.

유학생은 900명 정도였다고 한다. 김현주, 앞의 책, 130쪽.

문학소녀

밤하늘을 채색하는 찬란한 '일류미네이션'의
인목(人目)을 현혹케 하는 변화—수백의 눈을 거리고
버리고 있는 들창화—. 거대한 5, 6층 '빌딩' 체구 속을
혈관(血管)과 같이 오르락내리락하는 '엘레베이터',
옥상을 장식한 인공 정원의 針葉樹가 발산하는 희박한
산소화—. 그리고 둥그런 얼굴을 가진 다람쥐와 같이
민첩한 식당의 '웨이트레스'와 자극적인 음료(飲料)와
강한 '케이크'의 냄새화—. 최저가로 아니 때때로는
무료로 얼마든지 제공하는 여점원들의 복숭아빛의
감촉(感觸)화—. 이것들은 '센시블'한 도시인의
마음에로 향하여 버려진 '데파트멘트'의 말초신경이다.[2]

춘원 이광수가 《매일신보》 기자로 근무할 당시를
떠올릴 수도 있다. 드디어 기차가 조선에 놓이면서 전국을
빠르게 여행하는 게 가능해지자, 이광수는 그 사실을
신문으로 널리 알리기 위해 1917년 두 달 동안 충청남도,

---

2 김기림, 「도시풍경 1/2」, 1931년. 김현주, 위의 책, 184쪽에서 재인용.

전라북도, 전라남도, 경상남도, 경상북도를 거친 뒤
「오도답파여행(五道踏破旅行)」을 썼다. 특히 이광수가 부산 해운대에서 느낀 시정을 지극히 감각적으로 노래한 부분을 읽고, '문학청년' 현진건은 큰 감명과 동경을 품게 되었다고 한다. 이들 사이에서 오간 영감의 교환은 문학적 자산으로 간주되지만, 전혜린과 그녀의 독자들에게는 그런 호의가 주어지지 않았음을 다시 상기해보자.

훗날 현진건은 「몽롱한 기억」이라는 기행문에서, 이광수의 글을 읽고 "나도 세(細) 모래판에 미쳐 뛰어 보리라. 청풍(淸風)에 옷소매를 날리며 눈물을 흘려보리라. 그리고 나도 그런 시를 읊으리라. 그런 글을 지으리라"는 동경을 품고 해운대에 갔다는 말을 하고 있다. 1930년대에는 김기림 역시 금년 여름에는 기필코 춘원의 『금강산유기』를 '포케트'에 넣고 금강산을 찾겠다는 계획을 실행에 옮기겠다는 결심을 피력하고 있다. 이광수의 여행기를 통해 해운대와 금강산은 현진건과 김기림에게 일상과 도시의 생활을

벗어나 시인이 될 수 있는 아름다운 곳으로 상상되고 기억되었던 것이다.[3]

최남선이 18세의 나이로 창간한 잡지 《소년》은 "여행은 진정한 지식의 대근원"이며 "탐험가"가 "현대의 영웅"이자 "인문에 공헌하는 자"라고 지속적으로 강조했다. 특히 9회에 걸쳐 연재된 기사 「해상대한사(海上大韓史)」는 "반도라는 지리적 상황이 미술·정치·법률·학술·교육·상업 등에 끼치는 영향을 이탈리아의 역사에서 확인하고 조선의 경우에 적용"하는 글이었고, 또 다른 기사 「쾌소년세계주유시보(快少年世界周遊時報)」를 통해서는 "아시아, 유롭파, 아메리카 등(等) 대륙(大陸)과 지나(支那), 터어키 (……) 등을 내 발로 밟고 내 눈으로 보겠다."는 희망을 피력했다. 결코 현실화할 수 없는 포부였다. "그 여행은 원래의 목표를 달성하지 못하고 국내 여행에 그칠 수밖에 없었으며, 그것도 개성까지밖에 가지 못했다."

---

3   김현주, 위의 책, 138쪽.

물리적 기반과 실질적인 경험에서 비롯된 구체적 지식이 없는 상태에서, 추상적 개념으로서의 앎, 탐험, 지식을 찬양하는 것은 말 그대로 '지리적' 관심이라기보다는 '우리가 뒤처지고 있다.'는 갑작스러운 깨달음과 다급함에서 비롯된 구호가 아니었을까. 당대의 정치인 민영휘가 "아시아와 구라파가 이웃이 되고 황인종과 백인종이 한 가족처럼 되었"으며 "각처의 산해·풍토·정치·산업이 우리와 서로 관련되지 아니함이 없"다고 역설했지만, 그 시절 조선과 서구 열강은 결코 '한 가족'이 될 수 없었다. 계몽에의 의지는 강했지만, 이미 많은 것이 너무 늦었거나 모자랐다. 김현주는 "이 시기 지리학 서적이 전대(前代)의 지리서나 일본인에 의해 씌어진 책을 번역하는 수준에 머물렀"음을 지적하며 '번역지리학의 시대'였다는 냉정한 평가를 내린다.[4]

이를 두고 김양선의 표현을 빌려와 '심상지리'의 시대라고 부를 수도 있지 않을까? "물리적인 지표를

---

[4] 김현주, 위의 책, 127, 129~131쪽에서 재인용 및 참조.

문학소녀

넘어서 인식론적이자 존재론적으로 지리적 경계를
설정하고, 거기에 의미를 부여하는 공간 인식"인 심상지리는
"민족(인종), 계급, 젠더에 따라 물리적으로 동일한 공간이라
하더라도 다른 의미를 지니게 된다." 특히 20세기 초중반
조선-남한이라는 '로컬'에 속한 이들은 "중심에 대한 동경과
자신에 대한 열등감을 동시에 지니는 위계질서"에 기반하여
외부를 바라보게 된다.[5] 이전까지 속해 있던 시공간에 대한
자기부정과 자기환멸, 개인의 능력과 노력 여하에 따라
미국 혹은 유럽이라는 '중심부'의 일원이 되거나 '한 가족'이
될 수 있다는 환상, 거꾸로 '중심부'에는 없는 또 다른
미학이 '로컬'에는 존재한다는 특수성에의 도취 등이 여기
따라붙을 것이다.

　　전혜린도 속해 있던 시기, 즉 이승만 정부 시기
해외로 출국한 공식 유학생의 수는 모두 5000여 명에
달했다. 1951년에는 해외 유학생이 총 126명이었고, 이

5　김양선, 「1950년대 세계여행기와 소설에 나타난 로컬의 심상지리」, 《한국근대문학연구》 22호, 2010년 10월, 206쪽.

중 108명이 미국으로, 나머지 소수가 프랑스, 자유중국,
캐나다, 이탈리아 등으로 떠났다. 전혜린이 독일로 떠났던
해이자 전후복구기라 부를 수 있는 1955년의 해외 유학생
수는 총 1065명이다. 이 중 미국으로 963명이, 서독으로
17명이, 프랑스로 38명이 떠났다.[6] 20세기 초 국내 여행도
제대로 다니기 힘들었던 대다수 조선인들과, 식민지와
전쟁을 겪은 뒤 서구의 '문명'으로 급작스레 편입된
유학생들이 각자 갖게 된 심상지리에는 구체성의 차이가
있을 뿐, 그 충격의 강도가 본질적으로 다르진 않다.
1958년《한국일보》의 '해외 유학생의 편지'에 선정되며
전혜린의 이름을 처음으로 널리 알리게 된 '이국적 취향'의
수필「뮌헨의 몽마르뜨」와, 1939년 조택원이《삼천리》에
쓴 프랑스 기행문「파리, 못 잊을 파리」사이의 차이점은
예상보다 아주 작았다.[7]

---

[6] 김봉섭, 「이승만 정부의 해외유학 인재 정책」, 《재외한인연구》 34호, 2014년 10
월, 330쪽.

[7] "파리는 좋은 곳. 다시 한 번 가보고 싶은 곳입니다. 파리기념일의 밤, 저 청춘남
녀로 하여금 피를 끓게 하는 파리. 사계절 어느 때나 온실 속같이 따스한 그 성 안에

대신 김양선은 일찍이 모윤숙이나 김말봉이 미국을 방문한 뒤 감격과 민족주의적 애국심에 불타 써내려간 수필들과 달리, 전혜린의 수필-기행문이 "'민족(주의)'의 일원으로 수렴되지 않는 실존적 주체를 꿈꾸었던 주변부 여성 지식인의 정체성"을 보여준다고 평했다. 전혜린이 머물렀던 독일부터 짧게 여행을 다녔던 알프스, 도나우 강, 빈 등의 "서양–유럽의 지리 문화적 표상들"은 "문학과 고전음악, 미술과 같은 유럽의 고급문화를 생산해낸 곳으로 어떤 비교 대상도 존재하지 않는다. 즉 서양/동양, 유럽적인 것/한국적인 것이 동시에 담론화되지 않는다."[8] 전혜린이 느끼기에 가장 뛰어난 지성들이 모여드는 곳이었던, 예술과 철학에 헌신하는 청춘들이 모이는 자유의 공간 슈바빙은 여타의 한국 유학생·여행객들이 고통스럽게 인식할 수밖에 없는 위계질서하의 심상지리를 공백으로 비워둔

틀어박히면 젊은 사람은 늙지 않고, 이미 늙은 사람은 죽지 않을 것 같은 그 부드러운 파리." 조택원, 「파리, 못 잊을 파리」, 성현경 엮음, 『경성 에리뜨의 만국유람기』, 현실문화, 2015년, 388쪽.

8 김양선, 앞의 글, 219~220쪽.

채 유럽 중심부의 자연스러운 일원으로 살아갈 수 있는 곳이었다. 동시에 지리적, 문화적, 역사적, 젠더적 한계를 벗어날 수 있었던(그럴 수 있다고 믿었던) 제3세계 여성 지식인의 "이상향"이기도 했다.[9] 어떻게 보면, 전혜린에게는 한국에서의 위계질서보다 유럽에서의 위계질서가 오히려, 차라리 해방으로 느껴졌을 수도 있다. 그녀의 수필-기행문에서 한국인으로서의 고통스러운 자의식이나 모멸의 감정이 전혀 보이지 않는 것은 어쩌면 그녀가 남성이 아니기 때문이라고, 혹은 식민지 시기 한복판에 유럽으로 건너가지 않았기 때문이라고 볼 수도 있을 것이다.

---

9   김양선, 위의 글, 219쪽.

전혜린이 수필-기행문을 통해 이국적인 유럽 취향을
전염시켰던 데 대한 비판적 시선과 그녀의 '번역'에 대한
아주 쉬운 폄하의 눈길은 평행하게 흐른다. 루이제 린저의
『생의 한가운데』 같은 작품을 쓰고 싶어 했던 것과 별도로,
그녀가 현대 독일문학을 쉼 없이 읽고 연구하고 번역했던
건 그 작업에 기쁨과 보람, 어떤 사명감을 품고 있었기
때문이다. 전혜린이 쓴 글의 목록보다 더 길고 풍부한 것은
그녀가 번역한 책의 목록이다.

1955년부터 시작하여 사망하기 전까지 10여
년에 걸친 전혜린의 번역작 목록은, 프랑수아즈 사강의

『어떤 미소』(1956년), 에른스트 슈나벨의 『안네 프랑크:
한 소녀의 걸어간 길(*Anne Frank. Spur eines Kindes*)』(1958년),
이미륵의 『압록강은 흐른다』(1959년), 에리히 케스트너의
『파비안』(1960년), 희곡 『안네 프랑크』(1960년),[1] 루이제
린저의 『생의 한가운데』(1961년), 헤르만 케스텐의
「에밀리에(Emilie)」(1963년), W. 막시모프의 「그래도
인간은 산다」(1963년),[2] 하인리히 뵐의 『그리고 아무 말도

---

1 이 작품의 경우, 미국에서 1955년 초연되었던 앨버트 해켓과 프랜시스 굿리치의
희곡(이 작품은 이후 영화로도 만들어져 큰 성공을 거두었다.)일 가능성도 있지만,
1960년 국립극장에서 상연되었을 때의 크레딧을 확인해 보면 '원작 안네 프랑크, 번
역 전혜린'이라고 기재되어 있다. 그러므로 안네 프랑크가 쓴 일기 원작을 한국에서
새로 각색한 작품일 가능성이 더 높다.

2 「에밀리에」와 「그래도 인간은 산다」의 경우, 애초 전혜린 수필집이 1960년대에
출간됐을 당시 작가 약력에 이 번역작의 원서 제목을 표기하지 않았고 저자 이름도
H. 개스턴과 W. 막시모후라고만 적혀 있다. 지금까지 전혜린에 관해 쓰인 글 모두
에서 이 인명 표기를 그대로 인용했기 때문에 저자의 정확한 이름을 찾는 데에 다
소 시간이 필요했다. 특히 W. 막시모후의 정체에 대해서는 파편적인 정보들을 종합
했을 때 구소련 작가 블라디미르 막시모프일 것이라는 추측이 가능하지만, 100퍼
센트 정확하다고는 할 수 없다. 「그래도 인간은 산다」는 1963년 잡지 《세대》에 분절
되어 수록되었는데, 국회도서관에 비치된 1963년 《세대》 4호의 원문을 검토한 끝
에 구소련의 사회상을 다루는 작품임을 알 수 있었다. 그리고 독일어권에서 책을 출
간한 '막시모프'라는 구소련 작가를 추적하자 블라디미르 막시모프라는 이름이 등
장했고, 1950년대부터 활동했던 그가 반체제 작가로서 독일 쪽에 잘 알려져 있다는

하지 않았다』(1964년), 헤르만 헤세의 『데미안』(1964년, 신구문화사의 '노오벨문학전집'에 실림), 하인리히 노바크의 『태양병(*Die Sonnenseuche*)』(1965년)에 이르기까지 총 11편에 달한다.[3]

　박숙자는 전혜린의 직업을 '수필가'보다 '번역자'로 보는 것이 그를 좀 더 잘 이해할 수 있는 관점이라는 주장을 펼친다. 박숙자는 전혜린의 번역작 중 가장 반향이 높았던 작품으로 『데미안』과 『생의 한가운데』[4]를 꼽으며, 번역자

정보를 찾을 수 있었다. 아마도 전혜린이 '블라디미르'라는 이름을 독일어식으로 생각하여 'V' 대신 'W'로 표기한 것이 아닌가 라는 추측이 가능해지며, 원제는 *Zhiv Chelovek*(영어판 제목 *A Man is Alive*)로 여겨진다.

3　박숙자, 「여성은 번역할 수 있는가」, 《서강인문논총》 38집, 2013년 12월, 10쪽.

4　김미정은 전혜린 사후 한국에서 폭발적으로 인기를 모은 『생의 한가운데』와 루이제 린저에 대한 남성 평자들의 노골적인 멸시와 오독을 흥미롭게 분석한다. 소설가 김창활은 1978년 5월 《문학사상》에 실린 글 「영원한 여자와 한번 태어난 여자: 루이제 린저, 『생의 한가운데』」에서 "생존해 있는 외국작가의 작품으로는, 기가 차게도 우리나라에서 단연 제일 많이 읽힌 작품", "까놓고 보면, 그녀(니나)도 그렇게 혁명적이고 새로운 것은 없는 것이다. 지금껏 우리 여성들의 혐오의 대상이 되어오던 못되어먹은 남성의 역할을 여주인공에게 대치시킨 것뿐이니까.", "내가 사랑할 수는 없는 남자라도 나를 죽도록 사랑하는 나머지 애가 타 죽어가는 것은 기분 좋은 일이며, 사랑하는 남자라도 내 식으로 길들여 자기 구실을 못하게 망가뜨려 놓는 거, (……) 그러다가 종내는 둘이 다 파국에 이른 걸 종교에 귀의하게 되는 과정으로 치

전혜린의 감식안과 기획력에 집중한다. 이 중『데미안』은
'노오벨문학전집' 속 한 편으로,『생의 한가운데』는
'독일전후문제작품집' 속 한 편으로 포함되었는데 이 같은
전집이나 작품집을 만드는 과정 자체가 현대 독일 문학의
문제작들을 선별하는 기획력이 필요한 작업이었다.

　　책의 뒷부분에 실린 해설에는 전후 독일 문학의
흐름이 통시적으로 정리되는 글이 실리는데, 이효상,
곽복록, 강두식 등 당대 가장 왕성하게 활동하는
독문학자들이 쓰고 있다. 이 글에서 인상적인 것은
독문학의 흐름과 개관을 진단하는 이 글 속에 루이제

부하여 미화시키는 거", "그 흔한 노벨문학상 하나 못 받은 것이 무려 일곱 여덟 군
데의 출판사에서 번역 출판이 되어 설쳐 됐"다고 썼다. 사회적 관습에 얽매이지 않
는 니나 부슈만의 자유로운 연애사와 그에 열광하는 한국 여성들에 대한 '분노'가 역
력히 드러나는 글이다.

한편 독문학자 홍경호는 1976년 쓴 글「Luise Rinser als 'die Katholische
Schriftstellerin」에서『생의 한가운데』를 "여성을 통한 남성의 구원"의 소설이며 이
작품이 '여성' 문제를 다뤘다기보다 "인간이 갖는 가장 보편적인 문제"를 다뤘기
때문에 독자들에게 공감을 얻은 것이라는 자의적 해석을 피력했다. 김미정,「여성
교양소설의 불/가능성: 한국-루이제 린저의 경우」,《문학과사회 하이픈》, 2016년 겨
울, 74, 76～77쪽에서 재인용.

린저에 대한 언급이 없다는 사실이다. 루이제 린저가
독일에서 대중적으로 인기를 모은 것과 달리 보편적인
문학사적 평가까지는 이루어지지 않은 상태인 것으로
보인다. 책의 뒷부분에 실린 전후독일소설 개관은
독일전후문제작품집의 선별과 동시에 구성되지
않았거나 그와 어느 정도 거리를 둔 채로 작업된 것이
아닌가 추측해 볼 수 있다. 이는 『생의 한가운데』가
일반적인 선별에서 벗어난 번역자의 선택이라는 사실을
달리 보여주는 것이다.[5]

전혜린은 이 두 권을 직접 선택하고 번역했으며,
수필을 통해 이 작품들의 의의를 분석하며 독자들에게
'멋진 서평'을 읽는 즐거움을 안겨주었다. 전혜린은 『생의
한가운데』에 대해 "여자이며 남성적인 재능과 명성을 지닌
소설가이며 동시에 여성적인 매력으로 풍요하게 장식된
니나", 즉 "현대의 지성 계급에 속하는 여자가 자기의

---

5 박숙자, 앞의 글, 25쪽.

의식의 세계를 주위와 분쟁 속에서 얼마나 지킬 수 있는가를 시험해보았다."면서 루이제 린저의 다른 대표작들보다 『생의 한가운데』에 주목한 이유를 밝혔다. 또 '노오벨문학전집'에서 헤세의 1946년 노벨문학상 수상작 『유리알 유희』가 아니라 『데미안』을 선택하면서 "독일의 전몰 학도들의 배낭에서 꼭 발견되었다는 책"이라 소개했다. 실상 『데미안』 같은 경우 1955년 "대구 영웅출판사에서 김요섭 씨 번역으로 『젊은 날의 고뇌』라는 이름으로 출판되었지만 인구에 회자되지 못한 채로 '사춘기 소녀들에게 인기 있는' 취미의 수준으로 평가되는 작품이었다."고 한다. 박숙자는 이에 대해 전혜린이 "문학사적 가치 못지않게 '어떻게 살아가야 하는가'라는 실존적 고민을 담아 작품을 번역한다는 사실을 알 수 있다. (……) 그만큼 전혜린에게 번역은 자신의 삶의 태도가 투사된 또 다른 방식의 실존적 해석이자 번역이었으며, 번역을 통해 자기 정체성을 조형해나갔다고 해도 과언이 아니다."라고 평했다.[6]

---

6 박숙자, 앞의 글, 24~26쪽.

20세기 중반 한국에서의 독일문학 출간의 현황은
어땠을까? 독일문학이 한국에 소개되기 시작한 것은
식민지 시기 조선으로까지 거슬러 올라가야 한다. 당시
유럽에서 공부하고 돌아온 일본 연극인들의 영향을 받은
조선인 유학생들이 "게르하르트 하우프트만, 헨리크
입센, 아우구스트 스트린드베리 등 독일이나 북유럽
자연주의 작가의 작품"을 활발하게 받아들이면서 독문학
수용의 토대가 마련되었다고 한다. "아울러 하우프트만의
노벨문학상 수상(1912년)도 작가에 대한 특별한 관심을
불러일으킨 것으로 보인다."[7]

비단 독문학뿐 아니라 이른바 '세계문학전집' 혹은
'정전'의 구성에 영향을 준, 식민지 시기 "일본이라는
중개자"의 역할에 대해서는 누구도 부인할 수 없다.
천정환은 식민지 시기 '세계명작'으로 꼽히며 무수한
이들에게 필독서로 읽혔던 톨스토이나 도스토옙스키,
투르게네프 등의 수용이 "일본이 그것을 어떻게

---

7   박지영, 「위태로운 정체성, 횡단하는 경계인」,《여성문학연구》28호, 2012년, 29쪽.

받아들이고 있었는가 하는 문제 자체가 조선에서의 수용의 맥락을 이루기 때문"에 가능했다고 설명한다. "톨스토이는 러일전쟁(1905년) 이후 종교가·사상가·반전론자로서 일본 지성계에 수용되었다. 그리고 다음 단계인 1919~1926년 사이 일본에서는 체호프가 다른 러시아 작가들에 비해 단연 큰 영향을 끼쳤다. (……) 1900년대부터 일반 사회에 수용되어 온 러시아 문학의 일부 작품은 1920년대가 되면 이미 확립된 권위를 가지게 된다. 다시 말해 이들 소설이 '명작'이라는 사회적 합의가 형성된 것이다."[8] 해방을 맞고 한국전쟁을 거친 뒤 모든 것을 새롭게 시작해야 되는 시기에 이르렀을 때, 한국의 절대적 소명은 선진국의 모방에 따른 근대화였다. 번역을 비롯한 글쓰기와 출판 등에 있어서도 그 '정전'의 수입과 대중적 보급은 여전히 중요한 문제였고,[9] 그 매개 역시 여전히 일본이었다.

---

8 천정환, 앞의 책, 379쪽.

9 당대 최고의 여성지 《여원》의 경우, 꾸준히 해외 문학을 번역 소개했지만 어디까지나 특정 문학상 수상작이나 저명한 작가의 작품 중에서도 '안전한' 작품 위주로 구성되었다. 다시 말해 한국에서 쉽게 받아들여질 수 있는 '정전'에 가까운 작품, 더 범

스스로를 "점수 따기와 책상버러지와 독서광의
부류"[10]에 속한 사람이라고 규정한 전혜린은 본질적으로
'내가 좋아하는 책에 대하여 이야기하고 다른 사람에게도
읽히고 싶은' 독서광의 조바심을 간직하고 있었다. 단,
일본이라는 매개를 거치지 않고, 자기 자신이 읽고 사랑했던
책을 직접 선정하는 과정을 거쳤다. 그는 독일 유학 시절
보리스 파스테르나크의 작업을 번역하는 작업의 고단함과
환희를 지속적으로 기록한 바 있다. 독일어로 번역된
러시아어를 다시금 한국어로 옮겨야 한다는 부담 때문에,
전혜린은 완벽한 대응어를 찾기 위해 고심하고 좌절하며

위를 좁히자면 1960년대 중후반부터 노골적으로 한국 사회에 강요된 '현모양처 숭
앙'의 경향에서 벗어나지 않는 작품이어야만 했다. "번역 소설은 소위 '위험한 여성'
으로 호명될 만큼 아방가르드적인 성향을 가진 아프레게르(après guerre) 이야기
나 급진적 페미니즘으로 불릴 만한 이야기들을 배제함으로써 이국적이거나 이질적
인 것에 대한 공포나 증오로부터 발생하는 내적 저항을 가능한 최소화하고 세계의
문학공간에서 우월한 평가를 받고 있으면서도 한국 사회에서 큰 거부감 없이 받아
들일 수 있는 무난한 작품을 선택함으로써 다분히 보수적인 성향을 띠고 있다." 장
미영, 「번역을 통한 근대 지성의 유통과 젠더 담론」, 《여성문학연구》 28호, 2012년,
220쪽. 서구에선 페미니즘이 급속도로 확산되던 시기였음에도 불구하고, 한국은 그
것만은 모방하지 않았다.

10   전혜린, 「독일로 가는 길」, 『그리고 아무 말도 하지 않았다』, 43쪽.

자신이 독서에서 얻는 즐거움을 그대로 전달할 수 없을 것
같아 불안해했다.

> 젊은 파스테르나크의 상징어의 그물은 여러
> 번 나를 절망으로 몰아넣었다. 참으로 아름다운
> 이야기지만 번역 불가능의 것이다. 유감히도!
> 노어(러시아어)로 그것을 읽고 싶다.[11]

> 제3부를 오늘 시작해서 지금(밤 12시 반)까지
> 8시간 번역을 했다(다섯 장). 1914년경의 러시아 문학
> 유파와 특히 파스테르나크가 공공연하게 열광적인
> 존경과 경탄을 보내고 있는 마야콥스키에 관한 난해한
> 부분이다. 마야콥스키에 관한 책을 한번 꼭 읽고 싶다.
> 난 그의 번역이 있는지조차도 모르고 있다.[12]

---

11 1959년 1월 3일 자 일기. 『이 모든 괴로움을 또 다시』, 55쪽.

12 1959년 1월 19일 자 일기. 위의 책, 76~77쪽.

고된 번역 작업에 지치고 절망할 때마다 그는 다시
'다른 책의 독서'를 통해 자신의 재능에 대한 불안과
의심을 몰입의 즐거움과 영혼의 고양으로 해소하곤 했다.
빌헬름 헤어초크, 앙드레 지드, 프랑수아 모리아크,
괴테와 파스칼, 알렉상드르 뒤마, 알베르 카뮈와 에리히
케스트너, 콜레트 등 전혜린은 지치지 않고 자신이
사랑하는 작가들에 대해 일기에 써내려간다. 그 '독서
일기' 중간에는 독일의 번역가 슈테판 게오르게에 대한
추모의 문장도 눈에 띈다. "정신의 예언자. 그는 사람을
잡아끄는 자석이었다. (……) 그는 랭보, 보들레르,
셰익스피어, 로제티 등의 가장 위대한 독일 번역자였다."[13]
아마도 전혜린이 닮고 싶어 했을 인물의 초상. 그리고
다시금, 아주 적은 원고료(그나마도 제때 도착하지 않아 늘
그녀의 애를 태웠던)와 촉박한 번역 일정으로 돌아가 원어에
가장 가까운 무언가를 포착하기 위해 분투했다. 그는 번역
작업을 아주 중요하게 여겼고, 그 '직업'에 최선을 다해야

---

13   1958년 12월 1일 자 일기. 위의 책, 37~38쪽.

한다고 스스로에게 다짐했다.

1958년 12월 7일에 쓴, 프랑스 작가 콜레트를
떠올리는 전혜린의 일기를 보자. "[예술 작품]은 어떤
확실한 대상인 것이다. 그것을 완성하기 위해서는 자기의
일(직업)을 이해해야 한다. 천분과 재질에 의해서만
콜레트(Colette)가 위대한 여류 작가가 된 것은 아니다.
펜은 때때로 그 여자의 생활 수단이었고 그 펜에 의해
그녀는 세심한 작업을 요청받았었다. 마치 수공업자가
자기 연장에 의해 그런 요구를 받듯이. 고금을 통해
프로라는 것은 아마추어로부터 생겨난 것이다." 전혜린은
뒤이어 시인 체사레 파베제의 글을 인용한다. "이 생활
속에서는 임의의 심리학적 내용이 아니고 예정된 엄격성을
압도하는 생활의 테크닉, 즉 한트베르크(Handwerk)가
중요했다."[14]

이런 과정을 거쳤기 때문에 몇 년 뒤 한국에 돌아와
현대 독일문학 선집을 기획할 때, 그녀는 일본에서 수입된

---

[14] 위의 책, 40~41쪽.

정전의 목록이나 수상 경력 등에 얽매이기보다 자신이
더 중요하게 생각하는 작품 내 가치, 허구의 주인공들이
동시대의 혼란스러운 한국인들에게 어떤 위안이나 기준을
제공할 수 있는 가능성 등을 고려하며 새로운 기획력을
선보일 수 있었던 건 아닐까.[15]

　　나중에 좀 더 살펴보겠지만, 1920년대 '1세대 여류
작가'들에 대해서도 남성 평자들은 '작품 없는 문학가'
운운했다. 그 발언이 실은 그 여성 작가들이 남긴 소설이나
시, 번역, 수필 등에 대한 가차 없는 폄하와 조롱, 왜곡된
인식에서 비롯되었던 것처럼, 전혜린을 '문인' 혹은
'작가'라고 부르기를 다소 저어했던 현대의 평자들은 역시
그가 남긴 수필과, 그가 현대 독일문학을 소개하는 데 있어
선정 및 번역이라는 과정을 거치며 추구했던 바, 문학에서

15　첨언하자면, 『데미안』은 1965년 초 전혜린의 사망 이후 출간된 유고집에 실린
「두 개의 세계」를 읽은 독자들이 구입하기 시작하면서 폭발적인 호응을 얻게 된다.
"당시 신생이었던 '문예출판사'가 그 원고를 사들여 1966년에 『데미안』을 출간하였
고, 5천부 넘으면 베스트셀러가 되던 그 시절에 1년에 5만부나 팔리는 진기록을 남
겼다."고 한다. 서은주, 앞의 글, 36쪽. 2017년 현재까지도 '전혜린 번역' 버전의 『데
미안』과 『생의 한가운데』는 계속 판을 거듭하며 서점에 나오고 있다.

귀중하게 생각하는 바를 형상화했던 과정에 대해서는 '문학
생산'이 아니라고 부정하는 것일까. 전혜린은 "식민지를
거쳐 분단과 전쟁으로 폐허가 된 5~60년대 현실에서
일본어가 아닌 서구의 언어로 읽고 생각하고 썼던, 몇 안
되는 번역가"이자 "유학 체험을 통해 당시 유럽의 다양한
문화·예술의 경향을 본고장의 언어와 감각으로 생생하게
체험"했기 때문에 『데미안』과 『생의 한가운데』를 비롯하여
현대 독일문학의 현주소를 '직접적으로' 한국 독자들에게
알려주는 매개체였다는 사실의 의미를 애써 지워버리는
건 아닐까.[16] 전혜린을 '작가'라 부르기 저어된다면서
('번역가'로서의 정체성을 지우고) '수필가'로만 부르는 것도,
혹은 '번역 말고는 창작을 하지 못했다'면서 '문인'
카테고리에 넣길 거부하는 것도 지식 수입의 최첨단에 서
있는(현재에도 그렇고 1960년대에는 더더욱 그렇다.) 번역 활동에
대한 심각하게 낮은 수준의 인식이라고 말할 수 있겠다.

　　박숙자는 또 번역가라는 직업이 전혜린의 삶과

16　서은주, 위의 글, 42~43쪽.

어떻게 불가분의 관계에 놓여 있는지를 다양한 방식으로
살펴본다. 그는 "전혜린의 시선은 '번역자'의 자리에서
움직인다."라고 논했다. 전혜린이 종종 외국어 단어를
그대로 적거나 번역어를 택할 때 한국어 '단어' 하나만이
아닌 '구절'로 길게 설명하기를 선호하던 방식도, 대개
'허영심' 정도로 치부되곤 했지만 박숙자의 의견은 다르다.

원서의 세계에 비추어 이 현실을 바라보면서 번역할
단어를 찾아내는 과정에서 항상 '예를 들어'의 가능성을
생각해낸다. '예를 들어'의 가능성이란 실은 불완전한
상태를 가리킨다. 무수한 가능성 가운데 하나로서
채택된 언어로 번역된 언어가 놓인 불완전한 자리를
이르는 말에 다름 아니다. 물론 전혜린에게 원서의
세계는 단지 외국 작품만을 이르지는 않는다. 한국
작품도 독일어로 번역하는 과정에서도 여전히 원서의
의미를 충족시켜내기 위해 여러 가능성을 열어놓고
'진짜'를 찾아내려고 한다. 그런데 문제는 번역의 운명이
그러하듯 늘 불완전한 형태로만 축역, 의역될 뿐이지

동일한 의미를 찾아내기는 어려워 보인다.[17]

그리하여 박숙자는 전혜린의 번역으로부터
"번역어와 모국어 간의 위계관계가 불안정한 채 대립하거나
병존하는 양상"을, 1960년대 대한민국이라는 "현실에
적합한 언어를 찾아 번역하면서 또 다른 번역 텍스트를
재구성한 게 아니라 번역되지 않은 세계 속에서 '번역의
불가능함'을 환유적으로 드러내"는 과정을 읽어낸다.
"그들이 내부에 쌓인 활력과 질풍노도(sturm und drang)를
터트리는 것은 대개 사육제가 아니면 한 달에 한 번쯤
있는 아틀리에(Atelierfest: 일명 다락방 잔치)에서이다."라는,
수필 「나에게 옮겨준 반항적 낙인」 속 한 구절을
살펴보자. '아틀리에'와 'Atelierfest'와 '일명 다락방
잔치'가 병렬적으로 제시되는 것은, 아틀리에라는 개념이
한국에선 낯설고, 그렇다고 다락방이라는 '가장 비슷한
단어'를 쓰자니 의미가 정확하지 않기 때문에 '일명'을

---

17 박숙자, 앞의 글, 29쪽.

통해 "불완전하게 연결"시키는 다소 무리한 방식을 선택한
결과라고 박숙자는 설명한다. "번역가의 위치란 (……)
문화적 역사적 맥락들의 차이를 드러내는 것임과 동시에
그 차이를 지워내는 일이다. 그러므로 번역한다는 것은
'아틀리에'를 '일명 다락방'으로 차이를 드러내며 위치시키는
일임과 동시에 번역 행위를 지시하는 '일명'이라는
기호를 번역자의 행위를 통해 메우는 일이다." 그러면서
박숙자는, 전혜린이 "'원서'로서 상상되는 '진짜'라는 세계를
지속적으로 번역"하려 노력하면서, 그 '번역자'의 위치야말로
전혜린의 "주체성"이자 "실존의 문제"였다고 결론 내린다.[18]
한편 서은주는 바로 그런 전혜린의 고집스러운 태도 때문에
"그녀의 문화번역 행위는 한국적 풍토 속으로의 중심
이동에 실패했다고 볼 수 있으며, 전혜린은 번역자라는
문화의 경계 위에서 그 어느 곳과도 화해하지 못한 채
균열하는 불안한 존재로 남게 된다."고 평한 바 있다.[19]

---

18 위의 글, 33~35쪽.

19 서은주, 앞의 글, 47쪽.

8 ──────── "절대로 평범해져서는 안 된다"

솔직해지자. 전혜린의 '드라마 퀸'으로서의 기질,
문학과 예술에 현혹되어 자신이 그 일부인 것처럼 착각하는
'문학소녀'로서의 기질 앞에서 얼굴이 달아오르지 않을
사람은 없다. 스스로를 '공부 안 해도 성적 잘 나오는 천재
소녀'로 포장하는 기술이라든가, 공부도 뛰어나게 잘했지만
그 이외의 것, 즉 다른 모범생들은 꿈도 꾸지 못할 것들을
서슴없이 해치울 수 있는 '비범한 천재 소녀'로 포장하는
기술. '비범해야 한다.'라는 열망은 타인의 시선을 전제한
포즈로 가능해진다는 진리를 그녀는 일찌감치 깨닫고
있었던 것이다. 경기여중 시절부터 서울대 법대까지 함께

학교를 다녔던 절친한 벗 배동순은 전혜린의 비범함을
이렇게 회상한다.

혜린이에겐 분명 타고난 재능이 있기도 했지만
그보다 비범해야만 되겠다는 무서운 의지와 노력이
어렸을 적부터 있었다. 조그마한 예로 학교 시험공부를
하는 경우를 들 수 있다. 누가 보는 데서 시험공부를
하는 일이 없었다. 그러나 대개 시험성적은 우수했다.
혜린이는 천재라고 모두들 놀라게 하고 그 애는 은근히
그것을 즐겼다. 아무도 혜린이가 얼마만큼 밤을 새우며
공부를 하고 있는가 상상조차 못할 만큼 그것은
완벽했다. 평범하고 속된 그 모든 것 가운데 '자기'를
둘 수 없다는 그 생각이 이러한 사소한 일에까지
혜린이에게 투지를 불어넣어주는 것 같았다. (……)
누가 뭐라고 하든, 누가 어떻게 보건 그게 별로
문제될 것 없고 꺼릴 것 없이 자기가 생각한 것을
말하고 자기가 하고 싶은 짓은 조금도 사양치 않고
해치우는 혜린이의 거동 하나하나 (……) 세수는 안

해도 아이새도는 칠한다든가, 손톱은 안 깎아도 반지를

낄 줄 안다든가, 술을 마시고 떼를 지어 대낮 명동을

거닐고, 사람들이 빽빽이 들어앉은 다방에 앉아 담배를

피운다든가, 맨발로 길을 걸어 본다든가……[1]

어쩌면 한국으로 돌아온 뒤 '뮌헨에서 공부하는

유학생'의 위치가 아닌 '강단에 서는 선생'이라는 (본인

생각으로는) 매우 평범한 위치로 신분이 바뀌자, 혹은 외부에

발표하고 싶을 정도의 만족스러운 작품을 쓰지 못하자

일상 속에서 일종의 기행과 퍼포먼스를 통해 부단하게

자신의 특별함을 입증해 보이려 노력한 게 아닌가 하는

심술궂은 추측까지 하게 된다. 이덕희의 증언에 따르면

전혜린은 "오뉴월에도 눈이 내리곤 하는 독일의 날씨

때문에 독일에서 습관이 된" 옷차림을 한국의 한여름에도

고수했다. "상당히 무더운 날씨였는데 그녀는 원피스 위에

---

1 배동순, 「원색화 같은 추억, 혜린아!」,《신동아》, 1966년 5월, 이덕희, 앞의 책,
148쪽과 187쪽에서 재인용.

스웨터를 걸치고 머리엔 스카프를 쓰고 있었다." 이덕희와
전혜린이 처음 만난 날, 그 차림새의 전혜린은 오후 5시도
안 된 시간에 명동 비어홀로 태연하게 들어갔다. "당시만
해도 여자가 술을 마시는 건 진풍경의 하나였는 데다
그것도 여자만 둘이서, 거기다 그렇듯 특이한 외양의
여성이었으니! 우리가 의자에 앉아 맥주를 마시자 이젠
숫제 죽 둘러앉아 노골적으로 구경들을 하는 게 아닌가."
전혜린이 가장 자주 쓴 단어가 '권태'와 '광기'라고 한다.
전혜린을 실제로 만났던 이들이 공통적으로 증언하는,
말을 굉장히 빠르게, 많이 쏟아내면서 격렬하게 대화했다는
그 모습을 이덕희는 매우 감상적으로 표현한다. "그녀가
이룩하는 온갖 시선과 몸짓은 공허를 충만으로 바꾸기
위한 의식적인 항거였다는 것을. 대화는 언제나 그녀를
구출했던 것이다. 일상성의 피로로부터, 고독으로부터,
권태와 공허로부터, 또한 죽음의 공포로부터."[2]

　　전혜린과 편지를 자주 주고받으며 친교를 쌓았던

2　위의 책, 45~46쪽.

이덕희는, 전혜린의 편지 쓰는 습관에 대해 흥미로운 디테일들을 알려준다. "대개는 자신의 독백을 상대방에게 전달"하는 편지를 주고받았고, 그 편지조차도 글자로 정련된 종류의 문서가 아니라 "어떤 시구나 판화, 또는 잡지에서 오려 붙인 그림이나 사진이 아무런 주석도 없이 불쑥 날아"오는 경우가 많았다. 글자로 적힌 편지 역시 전혜린에게는 일종의 취향의 아이템이었다. 번역자로서의 전혜린은 신중하게 원어의 정확한 뜻을 전달하고자 애썼는데, 개인으로서의 전혜린 역시 일기와 편지를 쓸 때 한국어와 일어와 불어, 영어, 독어를 혼용했다. 전혜린은 그 습관을 두고 '그 단어'로만 표현될 수 있는 느낌이 있기 때문이라고 설명했다고 한다. 게다가 가게에서 쉽게 구입할 수 있는 일반 편지지나 봉투를 절대 사용하지 않았다. "영국 항공사의 마크가 찍힌 손바닥만 한 푸른빛 여객용 편지지", 또는 "대체로 편지를 쓸 때의 그녀 기분, 즉 편지의 내용과 부합"하는 색깔의 편지지, 손수 만들어서 때로는 말린 꽃잎들을 마구 붙여놓은 작은 봉투를 애호했다고

한다.[3] 이덕희는 그처럼 취향의 전시장으로서의 편지들을
몇 통 『전혜린』에 소개했다.

> 식食과 의依에 있어서의 우리의 조잡과 무관심은
> 마음이나 사고의 자잘한 주름, nuance, 깊이와
> 정비례하는지도 몰라. 하여간 그게 maladie의 일종임은
> 틀림없지만……
>
> Baudelaire의 『la mort des amants』[4]에 나오는
> sofa같은 넓고 깊고 흰 포장한 불길한 sofa들이 잔뜩
> 놓여 있는(les divans profonds comme les tombeaux……)[5]
> 대합실 같은 성대 교무실에 주저앉아서 그 학교의
> 시험지에 지금 힘없는 펜을 움직이고 있어.
>
> 음식을 취한다는 필연이 몹시 거추장스럽게
> 무겁게 느껴질 때가 나의 피곤의 climax를 표시하는

---

3 위의 책, 48~49쪽.

4 "'연인끼리의 죽음'이란 보들레르의 시를 말함."(이덕희 주)

5 "'무덤마냥 깊숙한 긴 의자들……'이란 뜻."(이덕희 주)

barometer로 늘 되어 있어. 덕희에게 있어서도 그렇지?

……Bonjour, Chère Denise[6]!

1962년 3월 29일 Lena로부터[7]

너의 적赤금발(내 기억에는 언제나 그렇다)과 les
yeux d'or[8]가 문득문득 보고 싶어진다. Lou[9]와 꼭
같은 날카로운 지성을 담은 콧날과 굳은 의지를 담은
입술과 함께…… 그러나 너의 매력의 집대성集大成은
너의 아무것에도 얽매일 수 없는 자유에의 욕망,
충동(독일어로 Drang이라는 게 꼭 맞는다. 이때는)……
Freitsbewußtsein(또 독일어!하고 이마를 찌푸리지 마……
불어로 conscience de la liberté니 뭐니 해가지고야 어디
기분이 나야지?!) 속에 있는 것 같다. 내가 보기에는.[10]

---

6 "혜린이 저자에게 붙여준 여러 이름 중의 하나."(이덕희 주)

7 이덕희, 앞의 책, 50~52쪽.

8 "금빛 눈."(이덕희 주)

9 "루 안드레아스 살로메를 말함."(이덕희 주)

10 이덕희, 앞의 책, 61쪽.

이 노란 색은 단지 내가 이 색을 좋아하는 탓이야.
흰 색의 강렬한 반사보다.

Céline[11]도 '배추꽃색'이 좋다고 했었지?

내가 구제를 받는다면 그것은 Céline에 의해서뿐일
것이야. C'est toi, qui m'aideras![12]

Oui, c'est toi. C'est toi.

……Tu es belle, si belle.[13]

그 모자와 그 얼굴빛, 붉게 눈에 반영하는 그
승리에 넘친 Nina[14]의 얼굴빛, 그 눈, 그 속눈썹(말려
들어갈 것 같은) 그리고 그 긴 머리…… 얼마나 얼마나
그리워했는지 몰라. 그리고 그리웠어.

Je t'adore.[15]……63년 2월 5일 혜린[16]

---

11 "저자의 세례명."(이덕희 주)

12 "'날 도와줄 사람은 바로 너야'란 뜻."(이덕희 주)

13 "'너는 아름다워, 너무도 아름다워'란 뜻."(이덕희 주)

14 "린저의 『생의 한가운데』의 주인공."(이덕희 주)

15 "'나는 너를 사랑해'란 뜻."(이덕희 주)

16 "혜린은 자신의 이름을 한글로 쓸 땐 절대로 혜린이라 쓰지 않고 '헤린'이라 썼
으며 내 이름도 '덕히'라고 표기하기를 좋아했다."(이덕희 주) 이덕희, 앞의 책, 66쪽.

전혜린은 주변 사람들에게 "소설 속의 인물의 명칭(성격이나 상황이 부합되는)을 갖다 붙이기를 좋아하는 버릇이 있었다." 이덕희에 따르면 "우리 둘 사이에서 통용된 이름만 해도 이를테면 베르나르, 클레멘스, 모리스, 유진, 아서 밀러 등 적어도 열 개 이상은 되었다. 대화나 편지에서도 우리는 우리가 작명한 이름으로 불렀기 때문에 다른 사람들이 그가 누구인가를 눈치챌 수 없다는 이점이 있었"[17]다. 그녀는 딸 정화를 '엘리자' 또는 '나의 귀여운 롤리타, 롤로'라고 부르거나, 스스로를 세례명 막달레나를 변형시킨 '레나'로 호칭하고, 친구 이덕희에게는 '드니즈'라 불렀다. 편지에도 『생의 한가운데』의 니나와 마르그렛 같은 자신이 좋아하는 소설 속 주인공들 이름을 여기저기 붙이거나 보들레르와 오노레 도미에 등 예술인들의 이름을 아무 설명 없이 마구 등장시키는 등 자신을 포함한 주변 세계까지 드라마화하는 게임을 즐겼다. 전혜린이 이런 게임을 진지하게 여겼든 혹은 자신만의 '취향의 공동체'를

---

17 이덕희, 위의 책, 106쪽.

꾸리기 위한 농담 섞인 수수께끼로 여겼든, 이 같은
열정적인 환상과 그것을 드러내는 포즈는 후세의 타인들이
전혜린 같은 '문학소녀'를 비웃는 근거가 되곤 했다.[18]

---

[18] 부연하자면 전혜린이 생전에 마지막으로 남긴 글인 두 통의 편지의 주인공, 장 아제베도의 경우는 전혜린이 붙인 애칭이 아니다. "[장 아제베도는] 혜린의 사후 그 녀의 동생 채린 씨와 더불어 '유고집'을 책임 편집했던 경제학 박사 H씨(당시 23세) 가 붙인 이름이라는 걸 아는 독자는 거의 없을 것이다. 본래의 편지엔 실명으로 되어 있었"다. 위의 책, 106쪽.

9 ─────── 신여성에서 여학생까지, 소녀의 탄생

　　전혜린의 수필에 담긴 과도한 여성성과 소녀적 감성,
그 글들이 문학소녀의 유치함에서 벗어나지 못했다는
평가에 대해서 생각해볼 차례다. 20세기 한국 여성 독자-
작가의 흔적을 더듬었을 때 거기서 대단히 유사한(사후에
전혜린이 받았던 것 같은) 평가의 패턴이 발견된다. 그리고
다음과 같은 질문들이 쏟아져 나오게 된다. 무엇이
'소녀적'인 것인가? 혹은 '문학소녀'라는 말이 '성인 여성
작가'에게 붙을 때의 함의는 무엇인가? 문학소녀란
존재는 어떻게 형성되는 것이며, 책을 읽는 소녀와 글을
쓰는 소녀는 또 어떻게 다른가? 심지어 1939년에는

일각에서 '여류 문단'이라는 말조차 쓰기를 거부하고 '소녀 문단'이라고 불렀던, 성인-남자-문인들이 보기에 그녀들이 '문학소녀'에 멈춰 있다고 판단하게 되는 근거의 정체가 무엇이었나?

　'문학소녀' 자체에 이르기도 전, 일단 '소녀'라는 의미가 만들어지고 변천해온 한국의 상황부터 심상치 않다. 시선을 아주 멀찍이로 돌리자. 김복순은 한국의 근대화 과정에서 어린이와 소년/청년(의 개념)이 먼저 탄생한 다음, 1950년대에 이르러서야 (일반적인 의미의) 소녀가 출현했다고 설명한다. 소녀란 "어린이와 (성인) 여성 사이의 시간대에 놓인 존재"로서 "취학기에서부터 여학교 졸업까지의 연령대의 여성", "성인 여성을 전제한 후 그 이전 단계로서의 여성을 규정하는 개념"이기도 하다. 하지만 1930년대에 이르기까지 그 나이대의 여성들을 '소녀'라고 부르는 분위기는 형성되지 않았다. 이를테면 당시 학교를 다니며 신교육을 받던 이들의 경우, 일반적이거나 대중적이지 않은 특수/예외의 존재들이기 때문에, '소녀'라기보다는 이전까지 존재하지 않았던

'여학생'으로 분류되는 게 더 맞다고 김복순은 말한다. 부연하자면, 1930년대 조선 여성의 문맹률은 89.5퍼센트에 달했고, 나머지 10퍼센트 중 일부가 사교육으로 글을 배운 양반집 딸이며 나머지 극소수가 여학생/일본 유학생이었다. '소녀'의 나이대를 눈으로 확인할 수 있었던 당시의 '여학생'은 그 정도로 특수한 존재였다. 김복순의 말대로 "대중으로서의 여학생 계층이 폭넓게 확산된 시민사회"라는 전제가 있어야만, 여학생이 더 이상 특수한 엘리트(예외는 언제나 불필요한 잉여 취급을 받게 되어 있다.)가 아니라 어디서나 쉽게, 당연히 받아들일 수 있는 존재가 되어야만 어린이와 성인 사이의 나이대에 속하는 '소녀' 역시 일반 공동체로 인식될 수 있을 것이었다.[1]

1908년 최남선의 잡지 《소년》이 창간되고 1921년 방정환[2]이 '어린이'라는 단어를 고안했을 때, 거기에는

---

1   김복순, 「소녀의 탄생과 반공주의 서사의 계보」, 《한국근대문학연구》 18호, 2008년 10월, 204~206쪽.

2   '어린이'를 아끼고 교육시키는 데 헌신했던 작가 방정환은, 또 한편으로는 잡지 《신여성》과 《별건곤》에 연재한 정탐기 '은파리' 연작으로도 유명하다. 1920년대 대

여성이라는 성별의 개념이 겉으로 드러나지 않았다. 더 정확하게 말하자면 교육을 받고 사회화되면서 결과적으로 나라의 미래를 걸머지게 될 희망적인 존재들을 일컬을 때, 거기에 여성은 (겉으로는) 포함되지 않았다.[3] 한지희가 지적했다시피, 《소년》이 창간되었을 때 생물학적 성별이 남성인 '소년'을 집중적으로 조명하던 당시의 시선에는, '소년'과 의미론적 쌍을 이룰 '소녀'에 대한 개념이 확정되지 않았다. "소녀라는 표현은 일반적으로 결혼하지 않은

―――――

대적인 인기를 끌었던 이 풍자 시리즈는 주로 신여성과 여학생들을 조롱하는 데 집중했다. 이를테면 1926년 7월 《신여성》에 실린 '은파리'의 호통을 보자. "요 깔깔한 것이 누구의 소리냐 올치올치 네가 여자 예술가라는 ○니라고누. 너의 따위 천하의 잡것들이 혼인전에 신랑을 몇람씩 갈어 살어도 재조가 귀엽다고 사회라는 독갑이가 떠밧치고 내여세우닛가 고갯짓 궁둥이짓을 한까번에 하고 단니지만 '은파리' 두눈이야 용서할 듯 십으냐." 김수진, 『신여성, 근대의 과잉: 식민지 조선의 신여성 담론과 젠더정치, 1920~1934』, 소명출판, 2009년, 334, 338쪽.

3 김주현은 최남선의 시 「해에게서 소년에게」(1908년)가 발표되고 채만식이 소설 『소년은 자란다』(1948년)를 집필하던 그 사이의 시간대에, 민족의 운명을 떠받칠 미래의 기둥으로서의 '소년'에 비해 "소녀는 소년의 의미론적 짝이되 소년에 가려진 기호"였다고 지적한다. 결과적으로 "우리의 경우 일본과 달리 '소녀 소설'이라 부를 만한 작품이 없고 소녀 교육을 따로 논할 만큼 여성 교육의 역사가 두텁지 못해 소녀 표상의 사회학적 의미를 분석한 연구도 미비"한 상황이었다고 그는 설명한다. 김주현, 「불우 소녀들의 가출과 월경」, 《여성문학연구》 28호, 2012년, 450~451쪽.

어린 여자가 윗사람에게 스스로를 낮추어 이르는 일인칭 대명사"로 쓰였으며, 이전까지는 나이 어린 여자를 '계집애', '아기씨', '아가씨', '처자', '처녀' 등으로 불렀다. 예를 들어 "이화학당의 경우 여학생들을 지칭할 때 '소녀'라는 표현 대신 '여아(女兒)'라는 언어기표를 사용하였"다. 한지희는 또 동시대 '소녀'들이 주로 읽게 되었던 또래 여성 이야기로는 "1920년대에 장지연이 잔 다르크 이야기를 번역한 『애국부인전』, 혹은 프랑스 혁명기 지롱드파의 중심 인물이었던 잔 마리 롤랑의 일대기인 『라란부인전』 등"이 있었음을 전하며, "19세로 화형된 잔 다르크"가 '부인'으로 호명되는 것은 당대 조선의 결혼 풍습에 따르면 그 나이대의 여성이 당연히 '부인'이었기 때문이라고 지적한다. 최남선이 "우리 대한으로 하여금 소년의 나라로 하라."라고 호령했을 때 그 문장의 주인공이자 조국을 근대화·문명화시킬 미래의 주체로서 자리 잡은 젊은 소년과 달리, '소녀'는 좀처럼 구체적으로 상상되지 못한

존재였던 것이다.[4]

1908년 《소년》이, 1923년 《어린이》가 창간되었을
때 그 사이 여성(정확하게는 당시의 '여학생', 지금의 시선으로
보면 '소녀'들)을 주체적으로 호명하는 잡지 《여자계》(1917년),
《신여자》(1920년)가 잠깐 등장했다 금방 사라졌다.
여성을 위한 잡지를 발간할 재원을 마련하기가 어려웠고
지속적으로 글을 쓸 수 있는 여성 필진의 수 자체가
절대적으로 적었으며 그것을 읽을 수 있는 여성 독자는
더더욱 적었기 때문이다. 김수진은 당시 식민지 조선의 여성
중 "경제적 독립을 이룰 수 있는 여성", "신문물을 소비할
수 있는 신중간층"의 절대적인 수가 부족했고 여성의
문맹률도 매우 높았음을 지적하며, 결과적으로 여성이
주도하고 여성을 대상 독자로 삼는 잡지들이 보편화될
수 없었다고 쓴다. "페미니즘의 세례를 받은 신여성
소설가들과 그들이 만들어낸 주인공이 사회적 담론화의

---

4 한지희, 『우리 시대 대중문화와 소녀의 계보학』, 경상대학교출판부, 2015년, 71,
75, 95~96쪽.

계기를 제공"했던 영국과, 여성 문예지《세이토(靑鞜, 청탑)》 동인들의 적극적인 발간 활동이 이뤄진 일본과 비교했을 때 조선은 아직도 갈 길이 멀었다.[5]

그 후 1920년 3월 개벽사에서 발행하여 8년 동안 인기를 이어갔던 잡지이자, "편집책임자나 주요 필진 모두 남성이 주도"했던《신여성》이 식민지 조선에서 '신여성' 담론을 확대 재생산하는 역할을 담당했다. 김수진은 《신여성》의 "유명 필자의 경우에는 여성 필자가 남성의 1/3로 떨어지고, 논설의 경우에는 남성 필진의 층이 여성보다 훨씬 더 두텁고 넓으며 문예란은 여성이 남성의 1/8에 불과했다."고 지적한다. 즉 "식민지 조선의 신여성 담론 속에서 신여성이라고 불리는 여성들은 현실과 무관하거나 과장된 모습이었고 따라서 신여성의 재현은 스테레오타입화"될 수밖에 없었던 상황은, 남성 지식인과 필자 들이 '자신들이 생각하는' 신여성의 상을 생산해냈고 그런 "전유"가 담긴《신여성》이 대중적으로 널리 읽혔기

---

5 김수진, 앞의 책, 451쪽.

때문이라는 결론이다.[6]

애초에 《여자계》나 《신여자》 발간을 주도했던 재일 조선 여성 유학생들이 《세이토》 동인들로부터 강하게 영향 받아 "여성해방운동을 추구하는 의미"로서 '신여자'라는 명칭을 즐겨 썼다면, 《신여성》의 (남성) 필진들은 '신여성'을 "조선 사회를 문명화시킬 개조의 주체"라 호명하며 자리매김했다.[7] 적어도 창간 초기엔 신여성을 두고 "자각이 잇고 의뢰성이 업는 노예적 근성을 버린 사람"으로서 "'낡은 습관', '낡은 제도', '낡은 도덕'과 싸우는 존재이며, 그래서 '금일의 현실생활'을 '부정 혹은 항거'하려는 '청년남녀'의 일원"이라는 "선구자이자, 메시아, 순교자"로 찬사를 바쳤다.[8] 그러나 1920년대 중반에 이르러 '모던걸'이라는 호칭이 일본으로부터 수입되면서 상황은 달라졌다.

김수진은 일본에서 "1924년 《여성》 8월호에 실린

---

6   위의 책, 457~458쪽.

7   위의 책, 218쪽.

8   위의 책, 221쪽에서 재인용.

기타자와 히데카즈의 「모단 갸루」라는 글은 모던걸을 그 전세대인 '신여자'와 구별되는 여성으로, 몰정치적이지만 독립적인 존재로 정의하였고, 1925년 《부인공론》 4월호에 실린 니이 이타루의 「모던걸의 윤곽」은 모던걸을 활기 넘치는 무정부적 존재로 묘사"했음을 밝히며, 그 용어가 조선에선 "1925년 《신여성》 6월호에 실린 김기진의 「요사히 신여성의 장처와 단처」"에 처음 등장했음을 소개한다. "그는 '모던걸'이 이지적으로 월등함을 장점으로 강조하면서 '쾌활하고 활발하고 활동적'이라는 점을 덧붙인다. 반면 단점은 사회인으로서 자각이 없는 데서 비롯되는 '허화부박'과 도덕의식의 희박을 들었다."[9] 1920년 《신여성》 창간 당시에는 뒤떨어진 문명을 개조하고 대중을 계몽시킬 주체로서 호명된 여성들이 불과 몇 년 사이 "사회인으로서 자각이 없"다는 평가를 받게 된 것이다.

실상 그 여성들 자체는 별달리 달라진 게 없지만 급박하게 달라진 평가를 내리기 위해 남성 필진들은 일제히

---

9   위의 책, 279쪽.

그녀들의 복장과 머리 모양을 트집 잡기 시작했다. 일본의 모던걸과 그들의 남다른 언행 및 외양이 "1920년대 일본의 경제성장과 함께 급증한 화이트칼라와 하급 서비스직을 포함하는 신중간층 여성, 즉 '직업부인' 층"[10]의 출현에서 비롯되었다는 콘텍스트는 삭제되고, 조선 사회의 눈으로 보기에는 지나치게 튀어 보였던 소수의 '개화된' 여성들에 대한 손쉬운 훈계로 방향을 전환했다. 그리고 "'진고개가 번창해지고 데파—트가 일반화'된 1930년대에 와서 신여성은 짧은 치마에 뾰족 구두를 신은 '허영심 외에 아모것도 모르는' 그런 여성을 가리키는 말이 되었다."[11] '모던걸'들이 이에 대해 소리 높여 항의하거나 반박할 기회는 거의 주어지지 않았다.

여성이 쓰고 여성을 독자로 삼고 그들의 목소리를 공론화하는 지면의 중요성은 동시대 일본의 경우와 비교하면 확연해진다. 한지희는 당시 일본에서 "여자의

---

10 위의 책, 187쪽.
11 위의 책, 290쪽.

소학교 취학률이 1891년 32.2%, 1903년 89.5%, 1904년 91.5%로 증가하면서 글을 읽을 수 있는 소녀들의 수가 획기적으로 증가"했기 때문에 "대형 잡지사들은 10대 여학생들을 대상으로 하는 잡지 시장의 가치를 발견하고 그들 요구를 반영하는 소녀 잡지를 발간하는 붐"이 일어났다고 전한다. 당시 소녀 잡지에서 가장 인기 있던 소설은 루이자 메이 올컷의 『작은 아씨들』이었고, 텍스트와 함께 실린 화려한 삽화를 통해 밝고 건강한 십대 소녀들의 삶을 눈으로 확인할 수 있게끔 도움으로써 일본 소녀 독자들이 긍정적인 소녀상을 갖는 데 일조했다고 한다. "동시에 여학생들 간의 의견 나눔을 도모하는 통신란을 만들고 전국의 여학생들을 대상으로 하는 '소녀담화회(小女談話會)'라는 동호회를 조직하는 등 처음부터 여학생을 나름의 의견을 개진할 수 있는 근대적 소녀 주체로 제시하여 주었다."[12]

한국에서는 이 같은 상황이 수십 년 뒤에야

---

12 한지희, 앞의 책, 111~113쪽.

찾아왔다. 1950년 의무교육 6개년 계획이 실시된 이후,
1945년에는 64퍼센트였던 초등학교 취학률이 1959년에
이르면 99퍼센트에 도달해 적어도 형식적으로나마
여성들에게 평등한 교육 기회가 제공됨으로써 문맹을
제거하는 데까지 이르러야 했다.[13] 의무교육의 혜택을 받은
소녀들이 1960년대부터 일반적으로 중고등학교까지 진학할
정도로 상황이 안정되고 나서야, 비로소 그 소녀들이
전면에 부각되고 그들을 대상으로 겨냥한 잡지《여학생》이
출간되거나 당대 최고의 인기를 누리던 여성 잡지
《여원》에서 여학생 관련 페이지를 배정할 만큼 소녀들은
일상적인 존재가 될 수 있었다.

　　문제는, 그 소녀들이 '일반화'된 다음에도, 그녀들은
10대라는 특정 시기를 거치는 주체로서가 아니라 '여성－
어머니가 되는 직전 단계'로 간주되었다는 점이다. 소녀들을
대상으로 한 매체들조차 현모양처의 이데올로기로
훈육하려 시도했고, "전통에 기초한 모성성, 여성성, 남성

13　김복순, 앞의 글, 206쪽.

중심 사회의 요구에 부응하는 순결" 등을 가르치려는
의도가 다분했다.[14] 이는 해방 후 교육을 받기 시작하면서
'서투른 영어'로 외국 군인들에게 "있는 애교 없는 애교
전부를 다 떨어가지고 아양을 부리며 지프차를 타고" 가는
'풍기 문란'하고 '불량한' 여학생들에 대한 사회적 우려가
커지는 시점이기도 했기 때문이다.[15]

---

14 김양선, 「1960년대 여성의 문학·교양 형성의 세대적 특성」, 《현대문학이론연구》 61집, 2015년, 35쪽.

15 김윤경, 「해방 후 '여학생' 연구」, 《비평문학》 47호, 2013년 3월, 45쪽.

1965년 12월에 창간한 잡지 《여학생》을 분석한
김양선은, "여성으로서의 교양을 쌓고 실력을 길러 사회의
기초가 되고 훌륭한 한국의 여성들이 될" 소녀들을
위한 이 잡지의 특집 중에는 "늘 희망을 지니고, 굳세고,
청순하고, 존경과 신뢰가 달무리처럼 후광을 이루고 그리고
또 깊고 높은 모성애를 지닌 여성으로 성장하는 것이
소녀들이 갖는 이상"이기에, "이상적인 여성들의 세계를
직접 알고 그리고 그처럼 자라 주었으면" 하는 마음으로
준비한 '우리들의 이상적인 여성'(1967년 5월호), "여자란
풍요한 그 이름은 제2의 탄생인 남자의 힘으로 만들어진

것이다. 소녀, 그것은 어디까지나 어머니가 낳아주신 천성 그대로 솜털이 가시지 않은 천진무구한 청결의 덩어리가 소녀인 것이다."라는 글귀가 태연히 들어간 특집 '소녀상의 광장'(1969년 12월호) 등이 포함되었음을 지적한다.[1]

그리하여 이 잡지를 탐독하는 소녀들에게 예비 현모양처로서 가장 훌륭한 자질은 '교양' 있는 여성, '지성미'를 갖춘 미인임이 지속적으로 강조되었다. 김양선은 《여학생》에 실린 세계문학 작품 목록과 작품 속 인물 소개 등을 살피면서 이 잡지가 "교양으로서의 문학에 대한 지식을 제공함으로써 문학·교양의 대중화"를 추진했다고 밝힌다. 《여학생》의 필자들은 "여학생 시절에 문학소녀가 아닌 사람이 없다는 말도 있을 정도로 소녀 시절에는 열중"하는 것이 당연하다고 썼으며, 여학생의 지나친 '감상성'을 경계하면서도 "감수성 예민한 여학생들의 교양을 배양할 수 있는 길"은 "고전을 읽는 일"이라는

1　김양선, 앞의 글, 32~33쪽에서 재인용.

담론을 강조했다.[2] 그러나 정작 그 기사들에 따르면 10대 소녀들에게 요구되는 교양의 수준이란, '세계 명작' 혹은 '고전', '정전'으로 '분류'된 목록들과 그에 대한 가장 피상적인 지식 정도를 정리하는 게 전부다.[3] '교양을 배양'하는 것이 소녀들의 '일상적 관심사'와 연결되는 것까진 좋은 의도이지만, 그 관심사라는 게 '이성 교제' 혹은 '가족 내 딸의 위치' 등으로만 연결되었다는 지점은 당연한 시대적 한계로 지적되어야 할 것이다. 김양선은 이 같은 "대중적인 글쓰기 방식"이야말로 문학을 "젠더화된

2　위의 글, 35~38쪽.

3　이를테면 세르반테스의 『돈키호테』의 주인공을 설명하는 기사가 이런 식이다. "돈키호오테 형이라면 적어도 축복받은 느낌을 주지만 결코 아무것도 생각지 않고 가볍게 살아가는 타입은 아니고 어떤 경우에도 굴하지 않는 정신력으로 이상을 구하는 영원한 젊은이다. 당신 주변에도 조금 괴짜인 실수만 거듭하는 남자가 있을 것이다. 낙제 점수를 받거나 선생님으로부터 꾸중을 듣거나 간에 초연한 자세로 있는 이러한 타입은 보이 프렌드로서는 '햄릿형'보다 호감이 가는 타입다. 고민을 상의하면 즉석에서 해결해 줄 것이다." 혹은, 여성 주인공을 설명할 때 마거릿 미첼의 『바람과 함께 사라지다』의 스칼렛은 "고집이 센 여성", 프랑수아즈 사강의 『슬픔이여 안녕』의 세실은 "에고이스트이자 질투심이 강한 여성"으로서 이성 교제에서 불리한 평가를 받을 수 있으니 이성 친구가 리드할 수 있는 여지를 좀 더 주는 게 좋다는 조언을 덧붙였다고 한다. 위의 글, 35~36쪽.

교양을 습득할 수 있는 최적의 매체"로 자리 잡게 만든
《여학생》의 전략이었다고 설명한다.

「미국 틴에이저 연구—어떤 소설을 읽는가」는
남녀 청소년들이 좋아하는 소설이 성별에 따라
다르다고 말한다. 가령 소년들은 모험소설, 운동소설,
전쟁소설을 좋아하고, 소녀들은 『폭풍의 언덕』과 같은
낭만소설, 외국 풍정을 그린 소설을 좋아한다고 말한다.
가정소설도 "소녀의 기지와 자기희생으로 집안의
위기를 극복하는 가정 관계의 낭만적 묘사"로 인해
소녀들의 환영을 받는다고 설명한다. 미국 청소년들의
독서경향을 정보 차원에서 제공하는 글이지만,
한국문학 장에 이식된 외국 문학 작품을 대상으로
청소년에게 읽히는, 혹은 청소년이 읽어야 할 작품의
젠더 경계를 암묵적으로 강조하는 것이다.[4]

---

4 위의 글, 36~38쪽.

문학이라는 교양을 쌓아서 낭만적이고 건전한
사랑을 거쳐 행복한 가정을 꾸린 다음, 남편을 내조하고
아이를 제대로 양육하여 나라의 새로운 버팀목이 될
것을 끊임없이 강조했지만, 현모양처가 된 이후에도 그
교양을 연마하는 것을 게을리하면 안 되었다. 1954년부터
관 주도로 이뤄진 독서 운동 '독서 주간', 1957년 발족한
여성 독서 클럽 등은 《여원》 등의 잡지에서 소개하는
문학-교양에 발맞춰 공개적으로 '양서'를 읽는 흐름을
지속적으로 만들어갔다. "서울시 부녀과에서 57년경부터
매주 금요일 금요 강좌를 열었고 여기에 참여한 여성들이
독서 클럽을 만들어 장병림, 이헌구 등의 문학가 등을
초빙하여 독서 '지도'를 받았는데 카뮈의 『전락』이나
스탕달의 『적과 흑』, 모옴의 『파리에서 보낸 크리스마스
휴일』 등의 문학서를 읽는 (……) 중등학력 이상의, 중산층
가정의 주부들"로 구성된 독서 클럽은 "우리나라에서는
취미 서적은 읽히고 있는 모양이나 전문서적이나
교양서적은 잘 읽히지 않고 있는 상황, 교양서적은
한 사회와 한나라에 따뜻한 질서를 세우고 개개인이

상부상조의 아름다운 작풍을 일으키므로 독서로서 원만한
정신을 함양"[5]케 해야 한다는 계몽적인 목표에 매진했다.
"특히 주부들의 독서는 '교양생활을 높이며 항상 시대의
새 사조를 극복'하기 위한 목적 아래 '한 개인만의 정신적
향상'이 아닌 '공동사회의 일원'으로서 실천되어야 함이
강조된다. '남편의 전문 방면도 어느 정도 이해할 수 있어야'
할 뿐 아니라 '자녀의 독서 지도'를 위해서도 여성의 독서는
'필수적'이었던 것이다."[6]

　　당대의 '아프레걸'[7] 여대생들이 "대중잡지만

5　노지승, 「1950년대 후반 여성 독자와 문학 장의 재편」, 《한국현대문학연구》 30
호, 2010년 4월, 352~353쪽.

6　「미국의 주부와 독서」, 《한국일보》, 1954년 11월 22일, 8면. 이봉순, 「女性과 讀
書」, 《동아일보》, 1956년 11월 25일, 4면. 정미지, 앞의 글, 34쪽에서 재인용.

7　1950년대 후반 '전후 여성' 중 특정한 형상을 일컫는 단어 '아프레걸(après girl)'
은 "전후(戰後)라는 뜻의 프랑스어, 즉 아프레 게르(après guerre)를 여성화한 독특
한 조어"다. "본래 '아프레 게르'란 형을 찔러 죽인 청년, 여성 편력 끝에 성병을 얻은
10대 소년, 충동적인 권총 강도 등 실상 '패륜'에 가까운 자극적 사건을 수식하는 문
구였다. '패륜'과 '무동기'라는 공통성에도 불구하고 '아프레 게르'라 지칭된 사건은
타락과 반항과 방종, 그리고 살인·강도·방화 같은 각색 범죄 사건을 포함한다. 반면
'아프레걸'은 '분방하고 일체의 도덕적인 관념에 구애되지 않고 구속받기를 잊어버린
여성들'을 뜻하는, 성적 방종이라는 의미로 편향된 단어이다." 권보드래, 「실존, 자
유부인, 프래그머티즘」, 권보드래 외, 『아프레걸 사상계(思想界)를 읽다: 1950년대

읽고 시사지, 학술지를 읽지 않으며 전후파적인 내용의 소설이나 일본에서 판매 금지되었던『차타레 부인의 연인』과 같은 소설을 유입시켜 읽는다는 비난"을 받고 있었기 때문에, 특히나 소녀 및 주부들의 독서 모임에 양서 목록을 제시하는 것이 중요했다. 앙드레 지드의 『좁은 문』, 톨스토이의『전쟁과 평화』, 펄 벅의『숨은 꽃』 등이 여성 대상 독서 목록 앙케트에 계속 이름을 올렸던 것은, 그녀들이 모두 한마음으로 이 책들을 사랑했기 때문이 아니라 그녀들에게 지속적으로 제시된 책들이 이 목록이었기 때문이라고 보는 게 더 타당하다.[8] 하지만 여학생들은 일껏 이 권장 도서를 읽더라도 남학생들과 비교했을 때 언제나 지성이 부족한 것으로 폄하되었다.[9] 안

문화의 자유와 통제』, 동국대학교출판부, 2009년, 79쪽.

[8] 노지승, 앞의 글, 354쪽.

[9] "이화, 숙명, 덕성 등 일제 시기 명문 여학원들이 해방 후 종합 대학으로 승격하고 남녀공학 대학교에도 여성이 입학하기 시작하면서 여대생은 현대적 '애티튜드'와 지성을 갖춘 여성으로 표상되었다. 그러나 동시대 남자 대학생들이 지식인으로 인식된 반면 여대생들은 그렇지 못했다. 1950년대 영화에서 여대생은 '낮에는 대학에 다니다 밤에는 술집으로 나가는' 여성으로 묘사되기 일쑤였다." 김성보·홍석률 외, 앞의

읽으면 더욱더 경멸받고 훈계를 들었지만, 막상 읽더라도
의심을 받았다.

독서에 대한 사랑의 강도가 또 지나치거나 혹은
교양-문학에 지나치게 함몰되는 것 역시 금지되어
마땅한 감정이었다. 특히 '감수성이 예민하고 불안정한'

책, 72쪽.

"1948년에 소위 홍일점의 신세가 된 필자는 이 끓는 포부와 의욕이 없었던들 어느
쥐구멍을 찾아 완전히 꺼져버릴 수도 있는 형편이었다. 지금이야 서울대학교 뺏지를
달고 다니는 여학생을 보고 가짜라고 할 사람은 없겠지만 그 당시는 어쩌다 마음 내
켜 뺏지를 다는 용기를 부려보는 날이면 꼭 후회하기 마련이었다. 선망의 눈초리는
커녕 여학생이 아직은 없을 거라는 전제하에 (……) 전차간에서 '저거 가짜다 가짜.'
하며 쑤군대는 타 대학 남학생들의 비웃음을 피할 길이 없었다." 김석연, 「후배에게
주는 글」, 《여울》, 서울대학교 총여학생회 엮음, 1972년 3호, 24쪽.

"남성 지식인들은 여대생들이 공적 영역에서 소비와 향락을 즐기는 데에 신경질적일
정도로 비판을 가했다. 시인 양명문은 여대생들이 어두침침한 음악 감상실에서 '어
깨를 들썩이며 박수로 장단을 치고, 꽥꽥 기성을 지르는 것은 흡사 '발광'에 가깝다
고 힐난하며 '썩었다는 말은 바로 이런 데 해당되는 말 (……) 이러한 간판파 출신의
아가씨들이 그래 점잖게 시집을 가서 신부가 되고 주부가 되고 어머니가 될 것을 생
각하니 실로 한심하고 암담한 이미지밖에 더 떠오를 것은 없다.'라고 비난했다."

"여기서 '간판파'란 당시 여대생 가운데 한 부류를 지칭했던 말이다. 여대생을 학술
파, 직업파 그리고 간판파로 나누면서, 공부에는 그다지 흥미가 없으면서 그럭저럭
낙제나 면하면서 졸업 간판이나 얻어가지고, 그야말로 대학 졸업장을 간판으로 좋
은 자리로 시집가는 데 목적이 있는 여대생을 비하해서 사용한 말이다." 양명문,
「대학을 결혼을 위한 간판으로 아는데 대해」, 《여원》, 1967년 1월. 김원, 『박정희 시
대의 유령들: 기억, 사건 그리고 정치』, 현실문화, 2011년, 157, 555쪽에서 재인용.

여학생들에게는 엄격하게 관리되어야 할 열정이었다. 당시 여학생 교육 관련 도서로 각광받았던 김용호의 『여학생의 심리』의 한 구절을 보자.

여학생들은 자기의 알지 못하는 세계에 대하여서도 자기의 감정에 맡겨 관념상의 세계를 그려보며 미래의 세계에 대하여서도 감정에 움직이어 꿈과 같은 세계를 그려본다. (……) 무엇이든지 자기의 기분을 알아줄만한 것에 자기를 맡기고 싶은 생각이 든다. 그러므로 거기서 고금의 시가를 찾게 되고 현대문학에 취미를 갖게 되며 그중에 자기의 기분과 같은 것을 노래하고 혹은 쓴 것을 발견하면 대단히 기뻐하며 몰두해 읽는다. 그러는 가운데 점점 여기에 흥미를 가지게 되어 소위 문학소녀가 되어버린다.[10]

독서에의 몰두, 탐닉, 열렬한 환상은 오랜 세월 동안

---

10 김용호, 『여학생의 심리』, 양산문화사, 1950년. 김윤경, 앞의 글, 55쪽에서 재인용.

여성의 전유물처럼, '사랑과 낭만'에만 매달리며 현실이
아닌 꿈만을 좇는 물정 모르는 '미성숙한' 여성의 태도인
것처럼 배제되어 왔다. 문학 고전을 읽으며 교양을 쌓는
소녀의 이상적인 모습이 점점 열광적인 도취 상태에 빠지는
철없는 '문학소녀'로 바뀌는 순간이다.

　　문학에 심취한 소녀들의 일탈 행위는 "정신적
몽유병자"이자 "문학소녀가 흔히 범하기 쉬운
환상증"[11]으로 치부되곤 했다. 혹은 당대를 떠들썩하게
만들었던 '문학소녀'의 자살[12]은 "문화발전에 따른 향락욕과
태타욕(怠惰欲)과 사치욕"에 기인한 "좋지 못한 사상의

11　박치원, 「거지와 학생의 연애」, 『여학생지대』, 삼중당, 1967년, 146~147쪽. 정미
지, 앞의 글, 73~74쪽에서 재인용.

12　전혜린의 죽음 이후에는 그에 영향 받았다고 알려진 소녀의 자살 사건도 발생했
다. 《동아일보》 1966년 8월 29일자는 '문학소녀 자살'이라는 제목과 함께 다음과 같
은 기사를 실었다. "28일 오전 11시 서울 성북구 삼선동 5가 373 이감우(51) 여인의
장녀 최백악(19) 양과 식모 박양순(18) 양 등 2명이 자기 방에서 음독신음중인 것을
이 여인이 발견. 수도의대부속병원에 옮겼으나 최 양은 숨지고 박 양은 깨어났다. 최
양은 전날 밤 전혜린 씨가 지은 『그리고 아무 말도 하지 않았다』는 수필집을 박 양과
같이 읽고 '저자도 나와 똑같이 고독하다. 어디론가 가고 싶어'하는 유서를 남기고
음독했다."

　　　　　　　　　　　　　　　　　　　　　　　　　문학소녀

결과"로 인식됐고, 혹은 '원래'의 문학은 그렇지 않은데 어리석은 소녀들이 잘못 이해해서 이런 결말에 이르렀다며 소녀들의 격렬하고 불균질한 성정을 '비정상적'인 무언가로 선 긋는 모습도 보였다.[13] 적절한 독서 목록을 제시하고 올바른 독서 경로를 지도해야만 하는 어른들의 역할이 커져야 한다는 주장이다. 심지어는 소녀들에게 '결혼'을 통해 어른이 되어 사춘기적 감상을 극복하라는 조언도 있었다.[14] 문학 속에서 허우적거리며 감상에만 젖어 있는 소녀들을 향해, 여성은 "남자보다 이성적이기보다는 감상적, 감정적이라기보다는 감상적"이기 때문에 남성보다

---

[13] 1960년 8월 경기여고의 두 학생이 자살한 사건을 보자. 우등생이었던 두 소녀가 카뮈와 사르트르의 작품에 심취해 있었다고 보도되며, "결코 소화할 수 없는 실존주의 사상에 영향을 받아 하나의 값싼 니힐에 빠"졌기 때문이라는 평가가 나왔다. 혹은 "꿈 많고 가지가지 고민에 부대끼며 인생의 구토와 부조리에 맞선 어린 두 소녀에게 『구토』와 『이방인』이 치명적 독약이 되었다 해도 죄는 독약 자체에 있는 것이 아니요 그것을 잘못 복용한 어린 소녀의 지성에 있을 뿐"이라는 단언도 나왔다. 「실존문학과 두 여고생의 경우」, 《경향신문》, 1960년 8월 21일, 3면. 박이문, 「두 소녀와 문학작품」, 《경향신문》, 1960년 8월 30일, 4면. 정미지, 앞의 글, 110~111쪽에서 재인용.

[14] 임지연, 「1960년대 초반 잡지에 나타난 여성/청춘 표상」, 《여성문학연구》 16호, 2006년, 232쪽.

"열등하다고 일반적으로 경멸받는" 게 당연하며,
"적극적이고 지성적인 자세로 세계의 새로운 형성 과정에
참여"[15]하라는 질타도 터졌다.

　　문제는 소녀들에게 전혀 상반된 요구가 지속적으로
주어졌다는 것이다. 이를테면 소녀 대상 잡지에서 문예
현상 공모전을 열었을 때 거기 출품된 대부분의 원고들이
지나치게 감상적이라는 혹평이 쏟아짐과 동시에, "소녀들은
아직 순수하고 어려서 귀여웁다는 것과 그녀들의 꿈은
늘 먼 수평선 너머로 달림질하고 있음을 그때마다 새삼
느낄 수 있"으며 "아직 어두운 현실에 애써 눈뜨려 하지
말"고 "누구와 무엇과도 바꿀 수 없는 그 고운 꿈의
세계를 앗기게 되"지 않도록 '소녀다움'을 잘 지키라는
당부가 함께 이어졌다. 반대로 당선작으로 뽑지 않은 어느
여학생의 작품을 두고 "여고생다운 호흡이 너무 결여된
느낌"이 있었고, "'여고생들이 대개 빠지기 쉬운 센티를

15　강연심, 「센티멘탈리즘 반박」, 《거울》 435호, 이화여자중고등학교, 1965년 11월
15일, 6, 13쪽. 정미지, 앞의 글, 111쪽에서 재인용.

극복하고 〈현실〉에다 눈을 돌린' 작품으로 고평되고
있음에도 불구하고 '여학생'이기 때문에 지녀야 할 자질이
요청"된다고도 했다.[16]

결국 소녀들의 독서와 글쓰기는 훈육과 계몽의
주체, 많은 경우 '남성'들의 시선을 만족시킬 수 없는
종류의 것이었다. 어떤 소녀는 실존주의 문학을 '잘못'
이해해서 자살을 기도했고, 어떤 소녀는 '소녀답지' 않은
현실 인식을 글로 썼기 때문에 옳지 않고, 또 어떤 소녀는
과도한 감상을 글로 쓰는 바람에 '열등하게' 인식될 수밖에
없었다. 어디까지나 공인된 권장 도서를 읽되 지나치게
빠져들지 않고 교양으로서의 지식으로만 습득해야 했고,
그럼으로써 '소녀다운' 순수성은 간직하며 남성-어른들의
귀여움을 받을 수 있어야 하는, 대단히 복잡한 과제가
제시된 것이다.

소녀기를 벗어난 성인 여성이라 하더라도 여기서

---

16 「여학생 문단: 보내준 글을 읽고」, 《여학생》, 1967년 12월, 255쪽. 「본지 창간
일주년 기념 현상 문예작품 발표」, 《여학생》, 1967년 8월, 384쪽. 정미지, 앞의 글,
82~83쪽에서 재인용.

자유롭지 못했다. 여성의 본연적인 근원을 '불안의 연속'으로 파악하는 식의 시선이 계속 따라붙었다. 즉 "사춘기, 연애와 결혼, 임신과 출산, 남편과 자녀, 갱년기에 대한" 불안으로 이어지는 "여성의 전 삶이 불안의 연속"[17]이라면서 '존재론적 불안'이라는 모호한 숙명론으로 여성을 자리매김했다. 그녀들은 영원히 '미성숙'하며 훈육과 계몽을 통해 지속적으로 '올바른' 길, '이성적인' 길, '정상적인' 길로 이끌어야 하는 대상들이었다. 위에 인용한 강연심의 말처럼 "적극적이고 지성적인 자세로 세계의 새로운 형성 과정에 참여"하라는 요구는, 애초에 '그 세계'가 많은 경우 소녀들을 배제하면서 '꿈을 간직한 순수함'의 테두리 안에 머무르도록, 그럼으로써 소녀들이 다루기 쉬운 상태로 남아 있기를 강요한다는 사실을 몰랐거나 애써 외면하고 있었다고 봐야 한다.

　　김동인의 단편 「김연실전」[18]에서 연실은 일본 유학을

17　임지연, 앞의 글, 227쪽.

18　김동인이 동료 작가 김명순을 악의적으로 조롱한 작품으로 잘 알려져 있다.

떠나 괴테의 『젊은 베르테르의 슬픔』을 처음 읽으며 생전
처음 놀라운 과정을 경험한다.

　　식당에 앉아서도 그냥 눈을 책에 붙이고 있는
　　자기를 발견하고 오히려 기이한 느낌을 받았다.
　　어느덧 그는 책에 열중이 되었던 것이다. 물론 모를
　　대목도 많이 있었다. 그러나 모를 곳은 모를 대로 그냥
　　내리읽노라면 의미는 통하는 것이었다. 밤에 불을 끄는
　　시간까지 연실이는 그 책만 보고 있었다. 이튿날 새벽에
　　유난히도 일찍이 깬 연실이는, 푸르둥한 새벽빛에 눈을
　　비비면서 소설책을 다시 폈다.

　　연실은 이 작품의 의미가 정확히 무엇인지 몰라도
"가슴을 무직이 누르는 알지 못할 감정"에 밤잠을 설치며
자신이 소설 속 주인공인 양, 그리고 결국엔 자신도 그런
소설을 쓸 수 있는 작가인 양 점점 크나큰 착각의 수렁에

빠져 결국 파멸로 치닫는다는 게 김동인의 설정이었다.[19]

천정환은 "초기 신여성의 선민의식이나 문학과
연애에 대한 관념", 그리고 설익고 철없는 연애중독 모두가
'독서 경험'에서 비롯되었다는 김동인의 주장을 전하며,
김동인을 비롯한 남성 작가들이 "여성들이 책 속의
남성을 현실의 남성과 혼동하는 것은, 책 속의 세계를
객관적으로 받아들일 만한 능력이 없고 독서 경험 자체가
다른 어떤 경험에 앞서서 삶의 활동을 규율하는 원리가 된
때문"이라고 파악했기 때문에 "여성들의 강렬한 독서환각을
조롱거리로 삼았다."고 했다. 동시에 천정환은 김동인의
「마음이 옅은 자여」에서 남성 주인공이 영혼의 고뇌에 대한
해답을 찾기 위해 온갖 책을 독파하는 장면을 지적한다.
거기에는 단눈치오의 『프란체스카』, 도스토옙스키의
『불쌍한 사람』, 아리시마 다케오의 『선언』 등이 등장한다.

기실 김동인이나 염상섭 스스로가, 자신들이

---

19 김동인, 「김연실전」, 『감자』, 문학과지성사, 2009년, 356~357쪽.

비웃으며 부정적으로 그려낸 신여성들과 별로 다르지 않았다는 점이다. 1920년대 초 아직 미성숙한 단계에 있었던 김동인과 염상섭의 소설 창작 동인은, '현실'이 아니라 다른 외국 작가 작품에 대한 독서 경험이었기 때문이다. 「마음이 옅은 자여」, 「표본실의 청개구리」, 「암야」, 「제야」에 나타나는 주인공들의 독서 경험은, 그저 외적인 차원의 경험이 아니라 주인공의 행위와 소설 서술에 내면화된 힘이다. (……) 1920년대 초 신문학계 문학가들의 글쓰기는 일종의 독서 반응 행위였다. 책을 읽고 독후감을 써서 자신의 내면에 대해 말하는 행위는, 일기나 편지 형태의 고백 형식과 아주 자연스럽게 연결된다.[20]

남성 작가의 남성 주인공들은 문학을 읽으며 자신의 방황을 다스릴 힘을 찾고 고뇌하는 것이 성숙의 과정으로 그려지지만, 여성 주인공은 문학에 과도하게 몰입한 나머지

---

20 천정환, 앞의 책, 352~354쪽.

주제파악을 하지 못하고 '보바리 부인'의 열화 버전처럼
전락의 과정을 겪는다는 관점의 차이는 어디서 오는
것일까. 여성은 현실과 픽션을 구분 지을, 혹은 나와 대상
간의 객관적 거리를 설정할 능력이 부족하기 때문에 (심지어
국내도 아닌 해외) 문학의 세계에 쉽게 도취된다는 전제가
암암리에 깔려 있기 때문은 아니었을까. 그리고 그런
독자들이 물리적인 '소녀'에서 벗어나 직업 작가로 등단한
뒤에도 지속적인 '소녀' 상태로 남아 자신들의 지나친 도취
상태나 감상주의를 글로 재생산한다고 믿어 의심치 않기
때문은 아닐까.[21] 그리고 여자들은 '남편이 벌어다 주는
돈으로 집에서 편히 글을 쓰기 때문에', 즉 글을 써서 돈을
벌어 가족을 부양해야 한다는 부담에서 '자유롭기' 때문에
'소녀' 상태에 머무를 수 있다고 믿어 의심치 않았기에, 동료

---

21 흥미롭게도 천정환은 1920~30년대 독자들(성별을 가리지 않고)이 소설이나
잡지, 신문에 실리는 이야기를 읽으며 '동일시'에 깊이 심취했음을 지적한다. 이를테
면 독자들은 "작중 사실에 흥미를 느낄수록 그것과 작가가 어떤 관련을 맺고 있으며
해당 소설의 '모델'이 현실에 실재하는가, 있다면 그가 누구인지"를 물었다고 한다.
천정환, 위의 책, 394~395쪽.

여성 작가들에게 그토록 가혹한 조롱을 서슴지 않았던 건 아닐까.[22] '문학소녀'를 얕잡아 보는 시선은 결국 여성-독자-작가를 업신여기는 시선으로 이어지고 만다.

　　다시 말해 여성들은 소녀 시절부터 '현모양처 양성'에 어울리는 지성미를 갖추기 위해 세계명작 독서를 권장받았고, 결코 동세대의 고민을 첨예하게 담는 문학이 아닌, 수십 년 동안 '고전'이나 '명작'으로 (남성 지식인에게) 감정받은 문학 목록을 요구받았다. 그들이 그 책을 열심히 읽고 감동을 받으면, '소녀 감성에서 벗어나지 못했다.'거나 '너무나 감정에 쉽게 휩싸인다.'는 조롱을 받았다. 그 책을 읽기를 거부하고 영화를 보러 가거나 연애에 몰두하면 방탕하고 무식한 '가짜' 취급을 받았다. 그들이 쓴 글 역시 '진짜' 창작으로 인정받지 못했다.

22　박정애는 소설가 한무숙이 지극히 음전하고 정숙한, 그러니까 남성 문단에서 흠잡을 곳 없는 이미지였음에도 불구하고 남편이 '은행장'이었기 때문에 폄하받았던 사실을 지적한다. "나도 이름만 알고 있었지. 남편이 뭐 은행의 높은 사람이라던가 그러기에 그냥 그런 여류이겠거니 했는데, 흠 좀 묘한 작가더구나. 너도 기회가 생기면 만나 봐." 구혜영, 「신묘한 명륜장 여주인」. 박정애, 『'여류(女流)'의 기원과 정체성: 50·60년대 여성문학 연구』, 한국학술정보, 2006년, 101쪽에서 재인용.

여성 작가들이 자신의 '문학소녀' 시절에
대해, 정확하게는 어린 시절 강렬했던 문학적 경험을
회고하는 글들로 시작해보자. 『젊은 느티나무』의 작가
강신재(1924~2001)는 "북쪽 지방 어느 신개지(新開地)에서
자라면서" 방과 후마다 "바다 옆에 느러저 있는 음식점이랑
화장품상점 집들 사이에 끼어 있는 간판도 없는 헌
책가개에 달려가서 이책 저책 서양의 공주님 이름도 모르는
동물들을 그린 표지를 들처 보는 것이 어째 그렇게도
재미가 있던지"를 회상한다.

란드셀을 멘채 누구넨가의 돌담에 기대서서 읽기도
하였고 아무데고 한무데미씩 쌓아 올려져 있는 모래
위에 앉아서도 읽었습니다. 지금 생각하니 그때 내가
그렇게도 열심히 탐독하던 것들은 아마도 안데르센이나
그림의 동화집 같은 책들이었으리라고 짐작됩니다만
하양든 그 책들은 나에게 무한한 꿈과 공상의 세계를
그려보여 주었던 것입니다.[1]

『찔레꽃』의 작가 김말봉(1901~1961)은 "누가 저
위대한 꾀—떼나 쇡스피아의 존재를 거부하며 화려현란한
빠이론이나 쉴레를 사랑하않을 자 있으려요 트르게네푸가
어떻고 뜨스터엡스키—가 얼마나 고마운 작가인 것을
잊어서는 물론 안 될 일이다."[2]라고 주장했고, 『렌의
애가』로 잘 알려진 시인 모윤숙(1910~1990)은 학창 시절

---

1   강신재, 「어린 날의 감동」(1949), 『한국여성수필선집: 1945-1953』, 구명숙 엮음,
역락, 2012년, 21쪽.

2   김말봉, 「여성과 문예」(1949), 위의 책, 48쪽.

방과 후마다 "라이락나무 그늘이나 혹은 느티나무 그늘
밑", "피아노 연습방 혹은 지하실에 있는 빨래방"에서
새벽 서너 시까지 "누구의 문학서적이든 그저 그것이 시든
소설이든 외국 작품이든 우리나라 작품이든 도서관에 가서
집어내다가는 그대로 읽"었다고 회상했다. 그녀가 읽은
작가들은 "톨수토이, 트르게넵흐 도스도엡스키"였으며,
"누구누구 할 것 없이 세계문학 전집으로 나오는 일본말판을
두서 없이" 읽으면서 "원 줄거리 뜻도 잘 모르면서 그
화려한 묘사, 아름다운 문귀가 모두 나를 도취시키고 내
영혼을 깊고 높은 인생의 숲속으로 안내하는 것만 같았기
때문에 아편 같은 이 독서열"에 취해 있었다고 한다.
그러면서 "남의 나라엔 이런 문학의 세계가 존재할 수
있건만 왜 우리나라에선 이런 아기자기한 소설의 세계가
이루어지지 않나? 왜 이런 훌륭한 작품을 그릴 만한 작가가
없나?"[3]라고 자문했다.

「리라기」와 『태양의 계곡』 등을 쓴 소설가

---

3 모윤숙, 「소녀 시절의 나」(1953), 위의 책, 150〜151쪽.

손소희(1917~1987)는 소녀 시절 친척 오빠로부터 "너는 그 떼까단적인 인생관을 버려라." 하는 편지를 받았고, 등단하고 나서도 어떤 문단 선배로부터 "당신은 그 떼까단적인 니힐한 면을 버리시오." 하는 주의를 받았다면서, "실로 무거운 우수가 거미줄같이 나를 얽어매여놓고 종시 놓아주지않는 때면 나는 꾸밈도 거짓도 아니고 진정 산다는 것이 싫다."[4]고 푸념한다. 『월남전후』의 작가 임옥인(1915~1995)은 "『젠에어』나 『바람과 함께 가다』나 『대지』" 등의 작품에서 예나 지금이나 "여성을 통하여 생산되었다는 점에 경이와 공명"을 느끼고, "들뜬 피상적 인생이 아니라 거기 찬찬한 생의 영위가 있고 탐구가 있고 고뇌와 즐거움이 ○폭으로 보다 심도에 있어서 절실하다는 것은 애인으로 모성으로 여성으로 그리고 한 인간으로서의 심화를 보여주어 좋"[5]다고 고백한다. 혹은 『바람과 함께 사라지다』의 저자 마거릿 미첼에 대한 흠모의

---

4 손소희, 「상(像)과 상(想)」(1950), 위의 책, 212~213쪽.
5 임옥인, 「새로운 작품구상」(1950), 위의 책, 281쪽.

정을 털어놓으며 10년 전에 처음 "일본 번역물 전4권을
단숨에 내려 읽으면서 그 구성의 묘와 필치의 능숙 묘사의
절실함에 감화된 바 컸"다면서 이후에 다른 어떤 책을
읽어도 『바람과 함께 사라지다』만큼 구미가 당기지 않아
결국 다시 구해 읽었다고 한다.[6]

　　수필집 『탕자의 변』 등을 쓴 전숙희(1919~2010)는
"문학에의 정열이 불꽃처럼 피어올라 오직 문학과
함께 생활하고 문학과 함께 죽으리라든 한 개 열열한
문학소녀"였던 15, 6년 전 자신이 시인 Y선생을 "담배연기
자욱한 어떤 다방 한구석"에서 만날 일이 생겼을 때
"시로서만 대할 수 있던 시인 선생을 마조 뵈옵고 또 말을
건넬 수 있다는 일이 무슨 신과 대면이라도 하는 일처럼
못 견디게 가슴 설레고 신비한 일이었"노라고 고백한다.[7]
『엄마의 말뚝』, 『그 많던 싱아는 누가 다 먹었을까』 등으로
유명한 작가 박완서(1931~2011)의 경우 해방 직후 "교과서

6　임옥인, 「'밋첼' 여사와 나」(1950), 위의 책, 284쪽.
7　전숙희, 「문학소녀 때의 추억」(1950), 위의 책, 318~319쪽.

외의 읽을거리는 거의 일본의 소설류 아니면 일본말로 된
번역본" 밖에 없는 상황에서 일본어로 된 서른여덟 권짜리
"세계문학전집"과 "톨스토이 전집"을 독파하며 "성격
묘사의 묘미에 최초로 매료당했다."[8]고 회상한다.

　　이 작가들은 모두 1920~40년대에 소녀 시절을
보내며 세계문학을 탐독했고 작가를 꿈꾸었으며 결국 그
소망을 이뤄냈다. 남성 평자들이 '여류 문인'이라 불렀던
이들, '여류'라는 딱지를 내심 못마땅해하면서도 또 거기서
얻어낼 수 있는 '이점'을 포기하지 않고 최대한 활용했던
이들이다. 대체 이 '여류'라는 딱지는 어디서 어떻게 시작된
것일까?

　　1910년대와 20년대 초, 주로 일본으로 유학을
갔던 극소수의 신여성은 한국 최고의 여자 지식인일
수밖에 없었다. 왜냐하면 1930년대에 이르기까지 "한글과
일어를 읽고 쓸 수 있는 여성은 전체 여성의 1.9%, 한글

8　김양선, 「여성성과 대중성이라는 문제설정」, 《시학과 언어학》 10호, 2005년, 145쪽
에서 재인용.

또는 일어를 읽고 쓸 수 있는 여성은 10.5%에" 그쳤고,
"객관적으로 '특별한 부호(富豪) 가정에서 편히 호화로운
생활을 하지 못하는 일반 가정부녀는 책 읽을 틈을 얻을
수' 없"는, 절대적인 문맹률이 높았던 시대였기 때문이다.
여성이 글을 자유롭게 읽고 공개적으로 글을 쓴다는 것
자체가 "미증유의 사실"로 받아들여졌던 상황은 1929년
《조선일보》에서 "여자들이 도서관에 많이 출입하며
공부하는 일이 '최근에 기이한 사회적 현상'"이라고 쓸
정도였던 것이다.[9]

　　그러므로 통상 '1세대 신여성' 또는 '제1기생 여류
문사'라 불리는,[10] 1910년대에 글을 발표했던 여성들은
그야말로 희귀한 존재로서 당시 조선인들의 온갖 시선을
집중시킬 수밖에 없었다. 그들이 어떤 책을 읽고 어떤 글을
쓴다는 것 하나하나가 초미의 관심의 대상[11]이었으며,

9　천정환, 앞의 책, 339~340쪽.

10　박정애는 이런 구분법이 김윤식의 1974년 논문 「인형의식의 파멸」에 처음 등장
한다고 밝혔다. 박정애, 앞의 책, 69쪽.

11　"여성이 자기의 이름을 밝히면서 글을 쓴다는 것은 근대 이전 시대에는 생각하

또 그것을 멋대로 해석할 수 있는 자유가 글을 읽고 쓸
줄 아는 (여성들에 비해 훨씬 그 수가 많았던) 남성들에게
주어진 권리처럼 여겨졌다. 1917년 단편 「의심의 소녀」로
등단한 김명순(1896~1951)은 "1939년 종적을 감출
때까지 시와 소설, 번역 시와 번역 소설, 수필과 평론,
희곡을 아우르며 총 100여 편에 이르는 글을 발표"했고,
나혜석(1896~1948)의 단편 「경희」는 "1910년대에
발표된 단편소설 중 가장 우수하다는 평가"를 받았으며,
김원주(1896~1971)는 "소설들뿐만 아니라 1920년대
여성계의 분위기를 주도한 《신여자》의 주간으로서 큰

기 어려운 일이었다. 여성해방사상은 근대의식의 중요한 한 부분인 바, 근대에 들어
서면서 여성들은 자기의 이름을 밝히며 글을 썼고, 또한 여성해방과 관련하여 자신
들의 주장을 담은 글을 써서 발표하기 시작했다. 물론 여성의 자기표현으로서의 글
쓰기는 근대 이전에도 있었다. 조선시대 여성들의 내간·규방가사 등을 떠올릴 수 있
는데, 이 작품들은 모두 사적인 공간에서 이루어진 것이며 개성을 가진 개인으로 필
자가 특정화되어 있지도 않다. 허난설헌이나 황진이 혹은 혜경궁 홍씨 같은 몇몇 여
성들의 한시나 시조, 그리고 산문이 남아 있기는 하지만 그런 것들은 매우 예외적으
로 우연히 공적인 표현의 기회를 얻은 경우이다." 이상경, 『한국근대여성문학사론』,
소명출판, 2002년, 35쪽. 박정애, 위의 책, 61~62쪽에서 재인용.

역할"[12]을 수행했지만 그 작품들이나 활동 자체로 평가받지

못했다. 단지 '여자가 쓴 신기한 글'로만 취급받았다.

그녀들은 결국엔 남성 중심적 조선 사회에서 연애와 결혼

등의 거듭된 실패를 겪으면서 상징적인 '삭제'를 당하게

되었다.

　　1920~30년대에 인기를 끌었던 잡지 《신여성》의

코너 중 "신여성에 대해 보고 들은 것을 기록하여 사실로

공식화하는 '색상자'"를 살펴보면, 유명 신여성들에 대한

"풍자와 조롱, 희화화에 절대적으로 의존"하고 온갖

사생활과 뜬소문을 공적으로 폭로하며 그녀들의 존재를

사정없이 깎아내린다. 김원주에 대해서는 "강단 우에 나설

때마다 리혼(離婚) 리혼 하다가 아조 몸으로 그것을 실행한

김원주 녀사는 그후 일본서 나와 서울 륙조 앞 그의 애인의

집에서 련애 생활을 달게 하고 잇는대 조금 납작하든

코날을 일본 잇슬 때 융비술(隆鼻術)로 곳처서 웃둑하게

되기는 하엿는대 그 대신 살이 켱겨서 두 눈이 가운데로

12　박정애, 위의 책, 48쪽.

　　　　　　　　　　　　　　　　　문학소녀

족곰 쏠럿다나요. 이것은 가서 만나보고 왓다는 이의
말"이라고 비웃는가 하면 그녀의 이름과 연애사를 연결시켜
비꼬면서 "김원주 씨는 그의 아호가 일엽(一葉)인 만큼 모진
바람에 시달리어 동으로 서으로 정처 업시 도라다니더니
근래에는 동아일보사의 국희렬시와 가티 새로운 가약을
맺고 동대문 안련동 근처에서 살님을 시작하섯는데"라고
전했다.

　　'여류 시인 김명순'에 대해서는 "동경에서 모 학교를
다니다 학비 없어서 낙화생(落花生) 장사를 하는데 전번
방공 연습을 할 때 어떤 찻집으로 콩을 팔러 갓더니 한
청년이 그를 잡아 끌어내다 '란타'하야 약 일주일 치료의
중상을 당하였다. 불우의 녀류 시인—낙화(洛花)와 같티
바람에 날녀 다니는 가엽슨 로처녀—낙화생(落花生)과 그
무슨 인연이 잇던고"라고 동정하는 척 놀려댄다.[13] 특히
김명순의 경우 '부잣집 소실'의 딸이라는 사실 때문에

13　연구공간 수유+너머 근대매체연구팀, 『신여성: 매체로 본 근대 여성 풍속사』,
한겨레출판, 2005년, 115~116쪽.

"불행한 환경과 기구한 생애, 우울한 감정, 퇴폐적 기분,
히스테리, 어붓자식〔의붓자식〕" 등의 설명이 꼭 따라붙었고,
동시대 문학평론가 김기진은 "〔김명순은〕 자기의 환경에
너무 애상주의적 펭키칠을 심히 하였고 그 위에 연애문학을
좋아하여 한때 문학 중독이 결국은 그를 방분한(제멋대로
날뛰는) 녀편네를 만들었고 끗끗내는 인테리 낙화생
행상으로 매까지 맞는 신세가 되고 말았다."는 제멋대로의
평가를 공개적으로 쓰기도 했다.[14] 화가이자 작가 나혜석
역시 「이혼고백장」(1934년)을 발표하여 가부장제를
신랄하게 비판함으로써 격심한 분노를 불러일으켰고, 결국
가족과 사회 모두로부터 버림받은 채 행려병자로 쓸쓸히
숨을 거두어야 했다.[15]

---

14   심진경, 「문단의 '여류'와 '여류문단'」, 『한국 여성문학 연구의 현황과 전망』, 316
쪽에서 재인용.

15   이 같은 공개적인 조롱과 비판은 '상류층 여성'도 비껴가지 않았다.
"A: 아! 그런데 참 윤활란(尹活蘭) 씨는 어대가 무얼하고 잇슴닛가. 처음 와서 조선
(朝鮮)말을 몰나 겨우 인사말을 한다디 배워가지고 씨여 먹는다는 것이 어른보고
'잘 가거라' 햇다고 아조 우슴거리가 자자하더니 조선말을 착실히 배우느라고 집에
드러 안저만 잇나요?
K: 웬걸이요. 동경(東京) 어느 영자신문사(英字新聞社)에 드러가서 돈 버리한다던

시간이 흘러 '2세대 신여성' 혹은 '제2기생 여류 문사'로 명명된 작가들이 1930년대부터 10명 정도 활발하게 데뷔했다. 박정애는 김병익의 『한국문단사』를 인용하며 "소설에서는 이미 20년대에 데뷔한 박화성을 비롯, 강경애, 최정희, 김말봉, 이선희, 백신애, 장덕조, 임옥인, 시에는 김오남, 노천명, 모윤숙, 백국희, 주수원, 장정심이, 수필에는 이명온, 김자혜, 전숙희가 각각 활약하고 있었다. 프로 문학이 퇴조하고 활기를 띠기 시작한 20년대 후반의 문단에 쏟아져 나온 이들 제2기 여류들은 김명순, 김원주, 나혜석의 제1기 여류들보다 수적으로 크게 팽창했을 뿐 아니라 장르별로 나뉘어 본격적인 작품 활동을 했다."고 전한다.[16] 김명순, 김원주, 나혜석 등 1세대 여류 문사들이 남성들의

데요."

「미국, 중국, 일본에 다녀온 여류인물평판기, 해외에서는 무엇을 배웠으며 도라와서
는 무엇을 하는가?」,《별건곤》 4호, 1927년 2월 1일, 24쪽. 정용화·김영희 외, 『일제
하 서구문화의 수용과 근대성』, 혜안, 2008년, 166쪽에서 재인용.

16 박정애, 앞의 책, 191~192쪽에서 재인용.

구경거리이자 조롱의 대상이 되어 비극으로 치달았던
것과 달리, 수적으로 많아진 2세대 여류들은 (남성) 문단
내에 위치하는 새로운 조류로 비춰졌고, 일종의 "문단
유행어"로서 '여류'라고 불리기 시작했다. 박정애의 책에서
길게 인용해보겠다.

> 《대한매일신보》를 비롯한 1910년대의 각종
> 신문·잡지에서 '여류'라는 표현은 사용되지
> 않고 있으며, 1917년에 등장한 우리나라 최초의
> 여성정론지의 이름은 '여자계'였다. 그러던
> 것이 1930년대에 들어서서는 '홍구의 「1933년
> 여류작가군상」(《삼천리》 1933.1), 양주동의
> 「여류문인 편감촌평」(《신가정》, 1935. 1), 이무영의
> 「여류작가개평」(《신가정》, 1935.1), 이청의
> 「여류작품총관」(《신가정》, 1935.12), 박화성의
> 「여류작가가 되기까지의 고심담」(《신가정》, 1935.12),
> 김문집의 「여류작가의 성적 귀환론: 박화성 씨를
> 논평하면서」(《사해공론》, 1937.3)' 등등의 비평과 함께

각종 여류문학선집이 출간된다. 예를 들어 1937년 4월
조선일보 출판부에서 간행된 『현대 조선 여류문학선집
전경』에는 강경애, 김말봉, 김오남, 김자혜, 노천명,
이선희, 모윤숙, 박화성, 백국희, 백신애, 장덕조,
장영숙, 장정심, 주수원, 최정희 등의 시, 소설, 수필이
실려 있다. 같은 해, 조광사는 『여류단편걸작집』을
출간했다.[17]

국립국어원 표준국어대사전에 등재된 '여류'의
뜻풀이는 "어떤 전문적인 일에 능숙한 여자를 이르는
말"이다. 즉 여류 문인/여류 작가라는 말은 글을 쓰는 것을
직업으로 삼고 글 쓰는 일에 능숙한 여자라는 뜻이며,
일반적인 여성에게는 적용될 수 없지만 특수한 재능을
갖고 있는 여성에게는 허용된다는 배제와 차별의 원리가
작동하는 단어다. "50년대 중반에 이르기까지 각종 데뷔의
과정을 거쳐 문단에 등장하는 여성은 고작 전체 문인의

---

17 위의 책, 62~63쪽.

5퍼센트를 넘지 못하는 실정이었다."[18]

　　게다가 그 안에서도 세심한 계층화와 분류는
지속적으로 이뤄진다. 앞서 인용한 『한국문단사』를 쓴
김병익은 2세대 여류 문사들에 대해 "제1기 여류들이
동경유학생이었던 것과는 달리, 이화전문 등 국내에서
교육받은 사람이 많은 이들은 이미 선각자의 영웅심을
버리고 차분한 여류 지식인으로 몸을 세운다."[19]는 평가를
내린 바 있다. 또 '국내에서 교육받은 사람', 특히 이화여전
문과 출신이 다수를 이룬 당시 작가들에 대해 '차분한 여류
지식인'이라는 표현을 쓰는 것이 아이러니하게 느껴지는
이유는 '모던걸'에 대한 편견과 지속적으로 연결되곤 했던
"이화여전 출신 여성에 대한 끊임없는 사회적 관심"과 연결
지어 생각해볼 수 있다. "당시에 이화여전 출신 여성이
어떤 유형의 남성을 좋아하며, 누구와 결혼했고, 지금은
어떻게 사는가에 관한 관심이 끊이지 않았는데, 이러한

18　위의 책, 68쪽.
19　위의 책, 191~192쪽에서 재인용.

테마는 1930년대 중반 이후《삼천리》를 비롯한 잡지들이 즐겨 다루었던 것이기도 하다. 따라서 이전 출신이라는 사실만으로도 사회적 관심의 대상이 되기에 충분했으며, 여성 작가의 경우 그러한 출신 성분은 문단 데뷔에도 유리하게 작용했으리라 짐작할 수 있다."[20] 2세대 여류 문사들이 필사적으로 1세대의 역사를 지워버리거나 못 본 체하거나 폄하하려는 노력[21]을 기울인 까닭에 대해, 문단

---

20 심진경, 앞의 글, 312쪽.

21 1960년《여원》10월호에 실린「좌담회: 문학하는 여성에게」에는 손소희, 박화성, 김남조, 박기원이 참석하였고, "현재까지 여류 시인들은 직설적인, 주정적인 서정적인 자기 생활"에서 벗어나지 못했다는 반성을 겸해 여성 작가와 소설 장르 간의 상관성을 "여성은 생활적이고 남성은 정신적"이기 때문에, 혹은 "잔소리쟁이이기 때문"에 소설가가 많다는 발언을 하는 등, 지금까지 남성 평론가들로부터 들어온 부당한 편견의 발언들을 내면화하고 있는 듯한 모습을 보여주었다. 김양선,「전후 여성 문학 장의 형성과《여원》」,《여성문학연구》18호, 2007년, 69쪽에서 재인용. 그리고《여류문학》창간을 두어 달 앞둔 1968년 9월 10일, 박화성, 모윤숙, 임옥인, 조경희, 손소희, 김남조 등이 모여 '여류문학 50년을 회고한다'는 제목으로 개최한 좌담회에서 박화성은 1세대 여류 문인 김명순(김탄실)에 대해 놀랄 만큼 잔인한 발언을 쏟아낸다. "김탄실에 대해서는 좀 재미나는 일이 생각나요. 내가 13살 땐가 숙명학교에 다니던 시절인데 내 상급반에 김명순이라는 학생이 있었어요. 평소에도 화장을 요란하게 하고 머리를 구름처럼 올려가지고 부리부리한 눈알을 굴리며 꼭 미친 여자처럼 쏘다니던 여자였는데, 때로는 신(詩)지 뭔지, 하는 것들을 써가지고 다니며 나한테도 보여주곤 했어요. 나중에 내가 추천을 받고 서울에 올라오니까 그 선배가 반갑

내 남성 지식인들이 1세대 여류들의 작품 활동과 글쓰기에
대한 의지와 열정을 '선각자의 영웅심' 정도로 폄훼한
평가를 순순히 받아들였거나, 적어도 문단에서 살아남기
위해 그 편견을 체화했을 거라는 데에 현대 연구자들
다수가 의견을 같이하고 있다.

　　'여류 문단'의 존재를 마지못해 인정하게 된
1930년대 남성 문단에서 어떤 식의 어휘들을 사용하며
여성 문인들을 끊임없이 평가하고 범주화했는지를 좀 더
자세히 살펴보자. 심진경에 따르면 문학평론가 안함광은
1939년에 쓴 「문예시평: 두 가지 문제를 가지고」를 통해
"여류 문사에 대한 기존의 부정적인 견해들을 나열한 뒤,
그렇지만 이들 여성 작가의 장래성을 보고 싶기 때문에
여류 문사라는 호칭을 허락하고 싶다고 진술한다."
그러면서 "누구를 여성 작가로 인정할 것인가"라는
기준을 몇 가지 제시하는데, 일반적으로는 "저널리즘이

게 맞아주겠지요. 알고 보니 그가 바로 김탄실이더만." 박정애, 앞의 책, 43~44, 46
쪽에서 재인용.

상업적 이유에서 더 이상 글을 쓰지 않아도, '희소한 멧개의 잡문'을 써도, 아니면 '기자생활을 하면서 질, 양 공히 미미한 멧개의 작품 외 수필'을 써도 '여류 작가'라고 칭하지만, 안함광 자신은 수필이나 잡문만 쓰거나 작품을 쓰더라도 수준 미달인 경우에는 '여류 작가'에 포함시키지 않는다고 한다."[22]

같은 해 문학평론가 김문집은 조선의 문단을 "시단, 소설단, 소녀 문단"으로 나누면서 "나는 세간의 '니끼비' 평가들과 같이 여자라고 해서 그 작품에까지 '아마이'하진 않는다. 참말로 친절하기 때문에 엄정할 뿐이다. (……) 정심과 경애의 이 두 친구도 소녀 문단서는 특색 없는 존재이니 분발함이 있으면 한다. 모윤숙에게는 산문에로 전환함을 권"하면서 최근 《삼천리》 6월호에서 본 최정희의 글", 즉 '반 페이지짜리 수필'에서 "여류국제문단에서도 상당한 친구가 아니고는 못쓸 글"을 발견했다고 주장한다. "청춘을 작별하는 이내 얼굴을 응시하는 여인의 심경을

---

22 심진경, 앞의 글, 305~307쪽.

고백한 글"로서, "남성 작가는 감쪽같이 자기를 은폐하고도 걸작을 내놓을 두력(頭力)을 가졌지마는, 그를 못 가진 여성 작가에 있어서는 반대로 있는 대로의 자기를 표박(漂迫)할 때에 한해서 볼 만한 글을 내놓는다는 불문율을 새로이 인식하였다."는 것이 그의 생각이다. 즉 "신진 문단에 등록될 작품"이라곤 찾아볼 수 없던 '여류 문단', 아니 그의 표현을 빌리자면 '여류 문단'이라고도 할 수 없으며 "문청(文靑) 문단이란 말에 대하여 소녀 문단"이라 불러 마땅한 집단에서, 최정희의 '수필'이 자신의 내면 혹은 사생활을 '있는 그대로' 끄집어내어 남성은 쓸 수 없는 방식으로 표면에 끌어올렸기 때문에 그나마 봐줄 만하다는 판정을 내린 것이다.[23] 《삼천리》를 비롯한 수많은 '대중매체'에서 여류 문인의 작품이 아니라 그들의 외모를 비롯하여 출신성분과 연애사, 결혼사를 시시콜콜 따라다니며 스캔들[24]의 중심지로 소비했던 것과, 이 남성

---

23 위의 글, 321~322쪽 참조 및 재인용.

24 "송계월씨는 아직 작가라 불으기가 앗갑다. 그리고 너무나 귀여웁다.", "모윤숙

'지식인들'의 드높은 눈높이와 경멸의 시선이 뭐가 다른지 의문을 품게 된다.

1930년대 초반 《매일신보》에서 기자로 일했던 작가 이명온의 1953년 작 수필 「나의 여기자 생활 회고」를 보자. 이명온은 스물을 갓 넘긴 젊은 여자가 "여교원"도 아닌 기자라는 직업, 즉 "대(對) 남성 사회에 입문한다는 것은 실로 중뿔난 짓"이었다고 평가하면서 "어지빠른 문학적인 허영과 우월감"이 동기였던 것 같다고 자세를 낮춘다. 그녀는 "담배 냄새 설넝탕 냄새 사나이 냄새 인쇄 냄새

은 드문 여류시인이다. 시단에 한편을 몰내 찬란히 장식하야주는 귀여운 아름다운 여인이다.", "[장덕조] 씨의 글은 색상자와 같이 화려하기 짝이 없다. 이 작가는 아마도 가끔가끔 등의자 우에서 기제기를 펴면서 얼룽얼룽한 '테블'에 맞우앉아 '코코아'를 마시어가면서 글을 쓰지나 않는가 하고 생각하다가 후일에 씨와 씨의 부군 P군의 신혼 가정을 찾았더니 과연 나의 상상은 바로맞았다." 등 여성 문인들의 외모와 인격과 사생활이 그들의 글과 일치되는 것처럼 단정 짓는 1930년대의 글들은 무수히 많았다. 심진경, 위의 글, 319쪽에서 재인용. 손소희의 「리라기」에서 몇 해 동안 행방을 모르던 남편이 고위직 관리로 느닷없이 돌아와 다른 여자와 사랑에 빠졌다고 선언하여 아내 리라를 실망시키자 그것을 바라보는 마을 사람들의 시선을 "련민과 동정과 경멸과 질시에서부터 오래 지속되지 못하는 감격에서 섬망과 아첨 그리고 다시 시기와 경멸의 순서로 이들은 쉽사리 그를 전락시키어 버렸다."고 쓴 부분이 바로 여성 작가들 스스로를 향한 자기 반영적 시선이라고 해도 크게 무리는 없지 않을까. 손소희, 「리라기」, 앞의 책, 84쪽.

시내전화 장단거리 전화 가진 괴벽과 잡담농담 세멘트
바닥의 휴지통" 속에서 "일진홍이라는 가련한 존재"로
이리 눈치 보고 저리 눈치 보며 버텨냈지만, "신문사를
그만두는 그날까지 단 한 번도 긴장을 풀고 마음 놓고
웃어본 기억이 없다. 또는 점심이나 저녁을 같이 하자고
청하는 사람도 있었으나 수십 알맹이 눈알이 무서워 문자
그대로 옴짝달싹도 못하고 연애라는 연 자 옆에도 가보지
못했었다."고 한다. 게다가 한복을 입고 다니면서 최대한
멋을 부렸던 당시의 자신을 두고 "심심하면 사원들이
조롱삼아 봉급은 화장품대밖에 아니 될 것이라고 비우슬
정도"였다고 회상한다.[25]

　　최정희는 1948년에 쓴 수필 「여류작가군상」에서
당시 신인 작가 손소희에게 이런 쓰디쓴 당부를 남기기도
했다.

25　이명온, 「나의 여기자 생활 회고」, 『한국여성수필선집: 1945~1953』, 249쪽,
251~252쪽.

처음 나오신분이니마큼 이러니 저러니 평이
많은 것 같습니다. 더욱히 여자이고 보니 그런 것
같습니다. 조선의 여류 문인은 으레히 그런 것이라고
미리부터 아러두십시오. (······) 여류 문인이기 때문에
값없는 칭찬이 도라오는가하면 또 여류이기 때문에
호된 욕설이 도라옵니다. 또 같은 작가끼리 똑가티
연애를 하고도 도라오는 페헤는 여자만이 입는 것이
조선의 현상입니다. 조선 문단은 글 쓰는 여자를 너무
하잖게 역입니다. 글 우에 언제나 '여자'만 핸드캪을
붙처놓습니다. 그것은 누가 썼는지 나는 모릅니다. 적은
휴지쪼각에서 퍽 오래전에 [해방후인 것만은 분명합니다]
여류 문학이란 조선에선 화병의 꼬친 꽃바겐 못 된다는
의미의 글을 보았습니다.[26]

제1기 여류 문인으로 꼽히는 김명순, 나혜석,
김원주의 경우 "실재하는 작품 목록에도 불구하고

---

26 최정희, 「여류작가군상」, 위의 책, 383쪽.

오랫동안 '작품 없는 작가'로 치부"됐지만, 제2기 여류
문인의 경우 "남성적인 여류"와 "여성다운 여류"로 구분할
정도로 수가 늘어나면서 "'여류'란 프레미엄 없이 남성
작가들과 1대1로 겨룰 수 있게 되었"다는 평가를 받았다.
예를 들어 박화성은 "여성성 소실 혹은 여성성 기피",
"남성적 여성의 적극성"을 지닌 작가로서, 최정희는 "완벽한
여류의 전통" 혹은 "여성다움을 보여주고 있는 여류"로
지칭되곤 했던 것이다.²⁷ '여류'이기 때문에 "프레미엄"(위에
언급한 최정희의 표현을 빌자면 '값없는 칭찬')을 받는 게 아니냐고
여겼던 남성 지식인들과, '여류'라는 "핸드캡"으로 '너무
하찮게 여김'을 당했다고 생각하는 여성 작가들 사이의
간극은 은근히 상존했다. 하지만 20세기 중반의 여성
문인들이 이 같은 여성 숭배(송계월, 모윤숙 등)와 여성
혐오(김명순, 나혜석, 김원주, 장덕조 등)적 시선에서 그리
자유롭지 못했고, 많은 경우 그것을 체화하거나 그런
편견의 재생산을 요구하는 매체들의 청탁에 순응하는

---

27 박정애, 앞의 책, 69~70쪽.

모습을 자주 보였다는 점 역시 부인할 수 없다.

　무엇보다 여성 작가들의 글에 대한 남성 문단의
판단은 '감상적이다', '사변적이다'라는 평가의 틀에서 크게
벗어나지 않았다. 심할 경우 '소녀 문단'이라는 말까지
들어가면서 글의 수준이 '미성숙'하다는 암시까지 받아야
했다. 박화성이 1969년에 쓴 글 「한국 작가의 사회적
지위의 변천」에 등장하는 에피소드를 살펴보자.

　　여자의 이름과 흡사한 박용숙이라는 작가가 쓴

　　군인을 소재로 한 전쟁소설이 발표되었는데, 그 전쟁의

　　치열한 장면묘사나 군인들의 동태를 어쩌나 리얼하게

　　표현했던지 이 작품을 읽은 어떤 비평가가 월평에서 왈

　　여류 작가가 이처럼 리얼하게 그런 장면을 그려냈다는

　　것은 그 리얼의 한계를 넘어서 여성이 지니는 섬세한

　　감각 때문이었고 또 그 섬세한 감각으로 하여

　　여성이 아니면 도저히 표현해 내기 어려운 것이라고

　　하였다. (……) "그러나 여성의 지나친 섬세 감각은

　　섬세하기 때문에 오히려 리얼리티를 혼탁하게 하고

있으며 여기서 여류작가들이 지니는 한계성이 있는 것이다"라고 하였다.[28]

이 경우는 여성적인 이름을 가진 남성 작가임이 밝혀지면서 일종의 해프닝처럼 다뤄지긴 하지만, 여성 작가가 쓴 글에 대해서 내용이나 소재가 무엇이든 '여류다운 섬세함'이라는 묘사로 평가를 시작할 준비가 되어 있었다는 게 흥미롭다. 혹은 박경리의 작품에 대해 "사회적 관심이 그처럼 한정된 것이고 생활 자체가 현실성을 상실해가며 있을 때에는 다시금 '여류 작가'로 되돌아갈 수밖에 없다."(홍사중), "이젠 여류 작가로 해서 안이하게 서정의 감미에 젖어 있을 수만은 없고, 휴머니티가 절규되는 현대의 광장에 나아가, 역사의식을 가지고, 좀 더 좁은 여류의 윤리에서 벗어나 작품을 써야 할 때다."(구인환)[29]라고 꾸짖는 데에서도, '현실성'과 '여류의

---

28 박정애, 위의 책, 73쪽에서 재인용.
29 위의 책, 72쪽에서 재인용.

서정의 감미'를 아예 대극에 위치시킨 다음 비평 논리를
전개한다는 사실을 알 수 있다.

'여류'는, 당연하지만 '프리미엄'보다는 의심과
반감의 꼬리표를 더 길게 늘어뜨리는 낙인과도 같았다.
뛰어난 재능이 있는 것도 아니면서 '위치와 대우'를
획득하겠다는 욕망으로 글을 쓰는 것 아니냐는 의심의
시선이 끈질기게 여성 작가들의 뒤를 쫓아다녔다. 박정애는
임옥인의 장편 『들에 핀 백합화를 보아라』(1957년)와
손장순의 단편 「고여사」(1969년)에 삽입된 비슷한
에피소드를 소개한다. 임옥인의 작품에서 남편은 아내의
등단 축하회를 "허영녀들의 집합"이라고 칭하고, 손장순의
작품에서도 작가인 아내에게 남편은 "포크너같은 작가도
못되고 헤밍웨이 같은 예술가도 스타인벡같은 일류 스토리
테일러가 못될 바엔 글 쓰는 업을 폐하는 것이 어때. 하긴
이 나라에선 사회적 악세사리인 여류 작가의 위치와 대우가
괜찮기는 하니까 그 명칭만 들을 수 있어도 당신은 목적을

달성한 셈이지."라고 조롱한다.[30]

이 '여류다운 섬세함'은 남성 작가/지식인들의
자존심을 더욱 크게 건드리는 '대중성'까지도 곧잘
확보하는 이유기도 했다. 문학평론가 윤병로는 1969년에
쓴 글 「여류 문학이 가는 길」에서 "바야흐로 여류 문학의
전성기에 접어들어 남류 문학(?)이 위축되어 맥을 못
추게" 된 것이 아니냐며 '우려'를 표한다. 1960년대의
여성 대상 잡지들이 호황을 누리며 여성 작가들이 필자로
참여하거나 연재소설을 게재하는 경우가 훨씬 많아진 점을
두고, "본래 여류 문학이란 것이 우리 문단의 특산물인지
몰라도 그것이 더욱 인기 품목으로 등장한 비결은 어디에
있었을까. (……) 여류 문학이 어째서 남류 문학보다도 더
값비싼 대가를 받게 되었는가 하는 수수께끼를 풀어보자는
얘기"라고 점잖게 운을 뗀다.

본시 작가가 자기의 영토를 확대해가는 첩경인

---

30   위의 책, 83~84쪽에서 재인용.

매스콤에 재빨리 편승해야 한다는 얘기는 거의 낡은
상식이다. (······) 남류 작가들이 본격문학이란 좁은
영토 속에서 답보하고 있을 때 여류들에겐 많은
여성지와 대중지로 그 영토를 얼마든지 뻗어갈 수
있었다는 객관적인 사정을 감안할 수 있을 것이다.
거기에다 여류들이 애초에 순문학이나 본격문학에
참여했다고 하더라도 오늘의 매스콤의 생리에
누구보다도 앞질러 영합해갔다는 증거가 아닐까. 실상
오늘의 인기 소설인 것이 거의 에로물이고 그 작가가
일부 여류들이란 것을 상기한다면 지나친 얘기라고
묵살하기 어렵다.[31]

문학평론가 김우종 역시, 1970년에 쓴 글 「여류
작가에게 주는 고언」을 통해 "60년대 문단에 갑자기
여류들이 각광을 받았다. 남성 작가들을 능가하는 왕성한

---

31 윤병로, 「여류 문학이 가는 길」, 한국여성문학학회 《여원》 연구모임, 『'여원' 연구: 여성·교양·매체』, 국학자료원, 2008년, 289~290쪽에서 재인용.

발표열은 숱한 베스트셀러를 냈지만 과연 그것이 작품다운 작품, 부끄럽지 않은 발전이었는지 반성해 보자."는 도전의 포문을 연다. 그는 "섹스, 센티멘털리즘, 여류잡지의 부움, 여류들이 둘러입고 다니는 치맛자락의 위력"이야말로 여류 작가들의 인기의 원인이 아니냐면서, "줜 없는 여류 문인들"의 "홈·바"의 위력, 정부 기관의 초대 등 '여류'로서의 사회적 호명이 잦았기 때문에 이런 부끄러운 작품들이 대중적 인기를 누리는 것이라 호되게 비판했다.[32]

공평하게 언급하자면, 남성 지식인의 자존심은 동료 남성 작가가 '섬세함', '감상주의', '대중성'을 선택할 때에조차 가혹하게 날을 세웠다. 천정환은 1920년대 이광수의 『무정』과 함께 어마어마한 베스트셀러였던 노자영의 『사랑의 불꽃』에 얽힌 이야기를 들려준다. 연애에 관련된 애상적인 서간문으로 이뤄진 "『사랑의 불꽃』의 성공은 『무정』을 제외할 때 1919년 이후 등장한《창조》, 《백조》의 신문예 작가들이 목격한 최초의 상업적 성공"을

---

32 위의 책, 306~307쪽에서 재인용.

거둔 책이었다. 당시 책장에 노자영 책이 한 권씩 꽂혀 있지 않은 젊은이가 없노라는 풍문이 떠돌 정도로 인기를 끌었다. 그때 《백조》의 편집인이자 노자영과 동인이기도 했던 시인 홍사용"이 1923년 9월 《백조》 3호에 이런 글을 쓴다.

종로 거리 커다란 책사 앞에 있는 광고판과 술 취해 시비를 붙은 즉, 광고문 중에 있는 '고급 문예' 네 글자이다……

도대체 고급 문예라는 것이 뭐냐? 어떤 흥행 극단에서는 희곡이라는 말을 알 수가 없어 그냥 '희극'으로 이해하기로 했다는 시대, '적(的), 화(化)'가 남발되다 못해 '창피적'이라는 말까지 사용되는 이 현하의 경성에서, 도대체 고급 문예라는 것은 어떤 것이냐?

(……) 그 간판과 나란히 서 있는 동무 간판은 더 다시 가관이었으니 『사랑의 불꽃』이라든가 『사랑의 불거웃』이라든가는 현대 조선 문단의 일류 문사들이

기고를 하였다고 써 있다. 문사! 문사! 일본말로
'시모노세끼'가 어떠하냐. 정말로 창피한 일이지. 어떤
얼어 죽을 문사가 그따위의 원고를 다함께(?) 쓰고
앉았더란 말이냐.

대중들이 열광하고 사랑하는 '말랑말랑한' 종류의
책에 대해 단호하게 그것은 '고급 문예'가 아니고, '일류
문사'가 쓸 법한 글이 아닌 종류의 '창피한' 책이라는
경멸은 나름의 기준을 통해 고급과 저급의 구분을 가르고,
대중과 지식인 사이의 경계선을 가르고 있는 이들이
취하는 태도다. 천정환은 1920년대부터 "낭만적 감상성의
문학", "미문 취향"은 극복해야 할 한계이며 공격받아
마땅한 대상이었다고 확인한다. 평론가 박영희가 1926년
1월《개벽》에 발표한 「신년의 문단을 바라보면서」라는
글에서 벌써부터 "프로 문예는 형식에서부터도 힘 있는
형식이 있었으면 한다. 유래에 내려오는 소위 묘사를 위한
묘사 가튼 장황한 미문은 좀 치워버리자. 그리고 새로운

포—ㅁ을 찾자."[33]고 주장했던 것이다.

'현실성'과 '역사의식'을 그 무엇보다 중요시했던
남성 문인들의 질타가 '섬세'와 '대중성', '감상성'으로
규정되었던 (그리고 성별이라는 레이어가 한 겹 더 덧붙여진)
여성 작가들의 작품에 얼마나 더 가혹했을지 능히
짐작해볼 수 있는 대목이다.

---

33 천정환, 앞의 책, 416~417, 425~426쪽에서 재인용.

한국 여성 작가들의 '수난사'를 돌이켜보노라면,
1930~40년대 식민지 시절의 부유한 엘리트 집안에서
성장한 전혜린의 정신세계와, 또 1950~60년대 전후
혼란의 시기를 거치며 급격한 보수화 성향을 보인 한국
사회에서 '괴짜' 취급을 당했던 전혜린의 정신세계를
한꺼번에 생각하지 않을 수 없다. 어쩌면 전혜린은 제1기
여류 문인과 제2기 여류 문인이 겪은 호기심과 조롱과
모욕적인 숭배를 모두 경험한 인물이라고 볼 수도 있지
않을까. 특히 한국에 돌아온 전혜린이 급작스레 자신의
평범함과 초라함을 과장스럽게 자문하게 되었던 과정에는

재능에 대한 불안뿐 아니라, 박정희 전 대통령의 표현을
빌자면 "불란서 시집을 읽는 고운 손"과 (당시 남성 문인들이
전혜린을 묘사할 때 가장 많이 썼던 단어인) "괴짜"에게
호의적이지 않은 당시의 상황도 작용했을 것이다. 그녀는
'슈바빙의 자유로운 개인의 위치'에서 '1960년대 한국에서
여성으로 산다는 현실'로 급작스럽게 내동댕이쳐진 것이다.
1961년 1월 7일 자 일기에는 그 불안한 심경이 고스란히
드러난다.

> 동무를 만났다. 몹시 마르고 빈상(貧相)해져서
> 기이할 지경이었다. 눈은 더 나빠진 모양. (……) '독신
> 직업여성'이라는 한 개의 문제를 안전(眼前)에 본
> 감이 있었다. 그리고 한국에서의 직업이란 생활의
> 쾌적은커녕 필요한 것(das Notwendige)도 해결해줄
> 수 없을 지경이니 더욱 기가 막힌다. 그렇다고 결혼이
> 언제나 누구에게나 최선의 바람직한 상태(bester und

wenschenswerter Zustand)일 수도 또 없는 것이고…….[1]

　　1960년대를 전후한 한국 여성의 일반적인 상황은
당시 매진 사태를 기록했던 여성 교양지 《여원》을 통해서도
대략 짐작할 수 있다. 1955년 10월에 창간한 《여원》은
"가족의 구성원으로서의 여성, 즉 아내와 어머니를
포괄하는 '주부'로서의 '여성'을 훈육하기 위한 잡지"이자
"여성이 무엇을 하고 있는지, 무엇을 할 수 있는지, 여성과
관련된 사회적 영역이나 문화는 현실적으로 어떠한 것인지,
여성들은 어디에서 공부를 하는지 등, 여성들이 새롭게
사회의 일원으로 살아가는 방식 전반에 대한 지식과 정보를
제공하는 출처"[2]이기도 했다. 현모양처에 대한 남성 중심적
발언이 주조를 이뤘지만, 간간히 자유연애라든가 (당시로선
매우 드물었던) 전문직 여성들에 관한 기사가 실릴 때에는
당사자들의 솔직한 고백이 활자화되면서 '결혼과 직장을

<hr>

1　전혜린, 『이 모든 괴로움을 또 다시』, 159쪽.

2　권보드래 외, 『아프레걸 사상계(思想界)를 읽다』, 260쪽.

병행하기 힘들다.', '결혼은 여성 개인의 삶을 보장해 주지
못한다.'는 급진적 발언들이 불균질하게 튀어나왔다. 이곳에
글을 자주 실었던 전혜린 역시 《여원》의 그 같은 글들을
보면서 자신의 삶을 반추했으리라 여겨진다.

1961년 5·16 쿠데타가 벌어진 다음 '젊고 강한
리더십'에 대한 사회적 열망이 급격히 커지면서, 전후
'아프레걸'[3]의 다소 어둡고 선정적이며 강력한 이미지의
뒤를 이어 사회 곳곳에서 밝고 활기차게 자기 일을 하는

---

3 "사회 명사들은 공통적으로 '소위 아쁘레·게일이란 것이 시민 생활을 불안에 빠
뜨리고 특히 젊은 세대에게 절망감을 주는 경우가 많'은 등 '폭행과 범죄가 속출하'게
만들기조차 하는, 사회적 혼란의 근원이라고 지적"했다. 이들의 상상 속에서 아프레
걸은 "도시에 사는 십대후반이나 이십대의 여대생으로서, 물질적 향락을 위해 돈 많
은 중년 남자와 연애하고, '보이푸렌드'와 섹스하고도 책임을 묻지 않을 만큼 '쿨'하
고, 서양풍으로 한껏 멋을 부린 사치스러운 존재를 가리킨다. (……) 소문과 상상 속
에서 가공되고 부풀려진 존재로서 그 정체가 뚜렷하지 않은 채 '전쟁 미망인', 자유
부인(유한마담), 유엔 레이디, 계 마담, 알바이트 여성, 독신 여성, 고학력 직장 여성
등을 지칭하는 말로 외연을 확장해 가는 '과잉성'이 특징이다." "'한 손에는 영어강
습손가 뭔가 하는 데서 쓰는 영어책을 들고 또 한손에는 《스크린》이니 《무비》니 하
는 영화배우들의 사진이 가득 찬 영어 잡지를 들고 명동 거리를 활보하'며, 남자를
꼬셔 외국 유학이나 가려 하며, 댄스홀을 드나들며 서양인을 흉내 낸다고 비판받는
등 아프레걸을 수식하는 말들은 화려한 이국성의 기호들이었다." 한국여성문학학회
《여원》 연구모임, 앞의 책. 263, 256~257, 259쪽.

여성의 이미지가 각광받던 분위기는 슬그머니 보수화의
급물결을 타게 됐다.[4] 권보드래와 천정환의 논의를 빌려 좀
더 자세히 설명하자면, 1960년의 4·19 혁명과 1961년의
5·16 쿠데타는 여러모로 한국의 '세대' 간 분리를 불러온
사건이다. 1950년대를 지배했고 영구 집권마저 꿈꿨던
이승만 정권에 대한 '젊은이들의 심판'을 상징하는 4·19

---

4 1950년대 중후반, 전쟁의 참상을 겪고 난 뒤 다소 순진한 의미에서 실존주의가
한국을 휩쓸고, 카뮈의 『이방인』, 『페스트』라든가 사르트르의 『구토』, 『자유의 길』,
프랑수아즈 사강의 『슬픔이여 안녕』이 한국에서도 엄청난 인기를 끌었다. 그러면서
유행했던 신조어 '아프레걸(après girl)'은 강신재의 「포말」(1955년) 손소희의 『태양
의 계곡』(1957년), 한말숙의 「별빛 속의 계절」(1956년), 「신화의 단애」(1957년) 등
에서 인상적으로 형상화되었다. "저는 아무와도 함께 세상에 오지 않았다고 생각
한 거야요.", "나는 가끔 죽어 버렸으면 싶은 때가 있어요.", "왜 여자에겐 이런 경우
라도 욕망이라는 것이 움직이지 않을까. 단지 나는 심심할 뿐이다."(『태양의 계곡』),
"오늘밤 재워 주세요."(「신화의 단애」) 등의 도발적인 '성적 자유'는 사회의 눈으로
봤을 때 "일체의 가치가 붕괴하는 것을 본 자의 절망적인 '자유'처럼" 여겨지곤 했다.
성적으로 자유롭지만 그것이 '뜨거운' 진짜 욕망이 아니라 쾌락을 느끼지 못하는
'차디찬 육체'로 등장한다는 점에서 이들은 "결코 충족될 수 없으며 종결될 수 없는
방랑으로 표상되며, 이 점에서 실존주의의 '자유'를 통속화한 여성적 판본처럼 유통
된다." 권보드래 외, 『아프레걸 사상계(思想界)를 읽다』, 80쪽. 법적 이혼 전부터 '장
아제베도'를 비롯한 몇몇 연애 사건에 휘말렸던 전혜린 역시 남성 문단 주류 세력들
에게 좀 더 '지성적인' 아프레걸 같은 존재로 여겨지진 않았을까. 그런 의미에서 전혜
린의 이후 생을 상상해 보더라도, 결코 그녀에게 쉽거나 친절하진 못했을 것 같다.

문학소녀

혁명 이후 '세대교체'라는 단어가 한국 사회의 주요 키워드가 되었다. 1950년대 내내 대학생은 "무기력하고 현실적/기회주의적이어서 자기희생은 하지 않는다.", "건방지고 불신하고 책임 관념이 없다는 둥, 영화나 다방 출입으로 세월을 보내고 공부는 꿈도 안 꾼다는 둥"[5]의 부정적인 이미지로 묘사됐다. 하지만 1960년 3·15 부정선거 이후 마산과 서울 등지의 시민들(대학생뿐 아니라 고등학생부터 도시 빈민까지 연령대와 계층은 다양했다.) 사이에서 지속적으로 시위와 집회가 일어났고, 4월 19일 당일 대학생들이 주도적으로 시위를 이끈 뒤 교수단 시위까지 진행됐다. 그렇게 "마지막 국면을 압도"하는 데 성공한 대학생은 "이후의 사회·문화적 주도권을 획득"한 "젊은 사자들"로 불리게 되었다. 천정환과 권보드래는 "사후적 평가 속에서 4·19가 학생, 특히 대학생의 영광으로 독점됨으로써 한국의 정치·사회·문화 운동은 대학생이라는 새로운 주체를 맞이하게 된다. 어떤

---

5 권보드래·천정환, 앞의 책, 37쪽.

점에서는, 대학생이 4·19를 만들어냈다기보다 4·19가 대학생이라는 사회/문화적 주체를 탄생시켰다고 할 수 있을 정도이다."라고 평했다. 그러나 혁명 이후 새로운 시대가 열릴 것이라는 열광이 연이은 데모와 혼란 속에서 점점 식어가며 "가난에 대한 공포와 공산주의에 대한 공포"가 수많은 이들에게 전염되었고, 강력한 지도자를 희구하는 초조한 신념은 결국 5·16 쿠데타를 "예기"하고 "묵인"했다.[6] '질서'의 선택은 필연적으로 변화 대신 보수를 택했고, 그 와중에 가장 격심한 변화는 여성에 대한 시선에서 발생했다.

누가 뭐래도 1950년대는 가부장제의 끈질긴 압박 속에서마저 '여성의 힘'이 눈에 띄게 확장되던 시기였기 때문이다. 이승만의 부인 프란체스카와 이기붕의 부인 박마리아가 정치인들을 좌지우지한다는 뜬소문이 1950년대 내내 떠돌아다녔고,[7] 한국전쟁 이후 악착같이

---

6 위의 책, 37, 39, 61쪽.

7 "북미신문연맹에서는 '12년 폭정을 지배한 두 여인'이라는 제목으로 박마리아와

살아남기 위해 경제 전선에 뛰어들며 계를 꾸렸다가 금융
규제에 따라 연쇄 자살이라는 비극을 낳은 '계 소동'에서
두드러졌던 여성들의 활약, 혹은 정비석의 소설과 동명
영화 「자유부인」에 묘사된 '방탕한' 여성[8]에 대한 시선은

프란체스카를 다음과 같이 소개했다. '한국혁명은 마리 앙뜨와네트와 마담 라 파
르쥬보다 더 큰 권력을 부리던 두 여인의 정체를 밝혀 놓았다. 한국의 전 대통령 처
인 이승만 박사의 부인과 전 민의원 의장이며 3·15 부정선거에서 부통령으로 당선
된 고 이기붕의 부인이 각기 연로한 남편과 병약한 남편의 배후에서 권력을 전담하
던 인물이었던 것으로 밝혀졌다. (……) 한국의 전 대통령 부인은 언제나 그의 남편
의 건강에 세심한 주의를 기울여 왔다. 그로 하여금 불필요한 흥분으로부터 벗어나
게 하기 위하여 그녀는 측근자들 및 비서들에게 대통령에게 하는 보고에는 정계의
동향 중에서 불쾌한 사건이나 암울한 사실 등을 넣지 말라고 명령함으로써 연로한
대통령을 실제로 일종의 침묵의 벽 속에 가두어 놓고 있었다. 이 박사 부인인 그녀
는 노 대통령의 아내로서 자기가 쥐고 있던 권세에 단단히 맛을 들였던 것이 분명하
다. (……) 박마리아는 그의 남편보다 훨씬 야심이 컸다. 여러 해 동안 자유당 정객
들과 정부 관리들은 거의 반신불수인 국회의장 겸 자유당의 보스인 이 씨에게서 어
떤 결과를 얻어내자면 이 씨 부인을 통하는 것이 첩경이라는 것을 알고 있었다." 한
국여성철학회 외 지음, 김은하·윤정란·권수현 엮음, 『혁명과 여성』, 선인, 2010년,
256~258쪽에서 재인용.

8 "그 무렵의 댄스 유행이란 문자 그대로 악의 온상이었다. 결혼 이래 얌전하게 우
리 집 안방만 지키고 있던 마누라들이 어쩌다가 춤이 유행하는 덕택에 새파랗게 젊
은 청년들에게 허리를 껴안겨 스텝을 밟고 보니 까맣게 잊어버렸던 자신의 청춘을
그제야 발견한 듯해서 머리가 돌아버리는 것도 용혹무괴(容或無怪)한 일이였던지
도 모른다. 더구나 우스운 것은, 그런 탈선행위를 가리켜 '여성해방'이오 '민주 해방'
이라고 호언하는 점이었다." 정비석, 「『자유부인』의 생활과 그 의견」, 전경옥 외 지

점점 더 분노로 가득 찼다. 4·19 혁명 이후 혼란을 질서로
바꿔놓기 위한 사회적 노력의 움직임 속에서 가장 크게
들린 구호는 "여성은 가정으로!"였다.[9]

　　환도 삼(三)년까지 구(九)년 동안 계속되던 혼란
속에서도 여성들은 그들의 힘을 마음껏 발휘하였던
것이다. 질투마저 잊어버린 남성들의 거세된 모습—
여성들의 줄기찬 진출…… 여성은 능력을 과시하기에
이르렀던 것이다. 기형 속에서 이루어진 여성들의
힘—. 그것이 여성 본연의 능력이라고 착각하고 있는
듯했다. (……) 위축되게 거세된 남성들이 겨우 정신을
차려 퇴보를 개탄하고 그들의 분야를 갖기 찾아가기에
바쁘던 시절이었다.
　　그리고 사·일구(四·一九)혁명—.
　　말하면 해방 십오 년 초기의 삼 년은 여성들의

음, 『한국여성문화사 2』, 숙명여자대학교출판부, 2005년, 196쪽에서 재인용.

9　권보드래·천정환, 앞의 책, 488쪽.

204　　　　　　　　　　　　　　　　　　　문학소녀

훈풍 시절이었고, 육·이오(六·二伍) 전쟁부터 구년은
[하리켄] 시절이었고, 사·일구(四·一九)까지의
삼(三)년은 [하리켄]이 숨을 죽여가는 광풍
시절이었다고 할 것이다.[10]

현재적 의미든 미래적 의미든 한국 사회가
요구하는 현모양처의 기준에서 조금이라도 벗어나는
여성들이라면 그 경제적 욕망이든, 정치적 야망이든,
성적 욕망이든, 지적 욕망이든 손쉽게 차단될 수 있는
가부장적 토양이 다시금 조성된 것이다. 4·19 혁명 이후
5·16 쿠데타로 군인이 중심이 된 사회가 되긴 했지만,
'혁명'에서 큰 활약을 펼쳤던 '젊은 사자들'은 새 역사의
주체로 여겨졌고 그들을 중심으로 한 세대교체론은 한국
사회를 지배했다. 최남선의 《소년》이 '소년의 나라'를
부르짖었을 때처럼, 이 세대교체론에서 여자 대학생들

---

10 박성환, 「기성 여성 세대를 고발한다」, 《여원》, 1960년. 김치수 외 지음, 우찬제·
이광호 엮음, 『4.19와 모더니티』, 문학과지성사, 2010년, 241쪽에서 재인용.

그리고 여성들은 배제되었다. 임지연은 "이른바 '청년'은 젠더 중립적인 용어로 사용된 듯하지만, 실은 당시의 2, 30대 남성들을 가리키는 것이었다. 새 세대론의 주축은 '모든' 젊은 남녀라기보다 젊은 남성 지식인들"이었고, 또 "배제의 주체인 남성 지식인들은 새 세대를 남성/대학생으로 한정"지었음을 가리키면서 "새 세대론의 구성 방식이 젠더화와 계층화의 특징"을 띠었다고 지적한다.[11] "개인의 성장과 국가의 발전론적 도식을 포개놓는 기획"이었던 "1960년대의 남성 서사"는 "개인주의적이고 반국가주의적이며 성장-발전을 거부했던 아프레걸의 소비·자유·쾌락"[12]을 순식간에 철없고 방종한 무언가로 치부하게 만들었다. 1960년대는 바야흐로 '젊은 사자들'을 중심으로 돌아가는 시대의 모습을 갖췄다. "《여원》이 신사임당 특집을 마련한 것은 1965년 6월이었다."[13]

---

11 임지연, 앞의 글, 214~215쪽.

12 권보드래·천정환, 앞의 책, 481쪽.

13 위의 책, 505쪽.

밀려난 여성들에는 당연히 '문학소녀'도 포함된다. 박숙자는 1950년대까지만 해도 '문학소녀'와 '문학소년'이 선명하게 구별되는 존재가 아니었고, 고전 문학 독서는 교양 습득에 필수적인 과정으로 공평하게 권장되었다고 본다. 특히 문학소녀는 책을 통해 조국과 민족에 대한 열정에 감화될 수 있는 존재, 폐허가 된 국가를 재건하고 또 '주적'으로 상정된 공산주의에 맞설 수 있는 "민족주의적 맥락 속에서 활용"되는 존재였지만, 4·19 이후 상황은 달라졌다.

> 땀을 흘려라!
> 돌아가는 기계 소리를
> 노래로 듣고
> (……)
> 이등 객차에서
> 불란서 시집을 읽는
> 소녀야
> 나는, 고운

네 손이 밉더라

우리는 일을 하여야 한다. 고운 손으로는 살 수
없다. 고운 손아, 너로 말미암아 우리는 그만큼 못살게
되었고, 빼앗기고 살아왔다. 소녀의 손이 고운 것은
미울 리 없겠지만 전체 국민의 1% 내외의 저 특권
지배층의 손을 보았는가. 고운 손은 우리의 적이다.
보드라운 손결이 얼마나 우리의 마음을 할퀴고, 살을
앗아간 것인가. 우리는 이제 그러한 정객에 대하여
증오의 탄환을 발사하여 주자. 영원히 그들이 우리를
부리는 기회를 다시는 주지 말자. 이러한 자각, 이러한
결의, 이러한 실천이 있는 곳에 비로소 경제도 재건되고
정치도 정화되고 문화도 발전되고, 사회도 건전하고,
종교도 승화되는 것이다. 이것 없이 우리에게는 기적도
발전도 바랄 수 없는 것이 아니겠는가. '피와 땀과
눈물을 흘리자.'[14]

---

[14] 박정희, 『국가와 혁명과 나』, 박숙자, 「'문학소녀'를 허하라」,《대중서사연구》 20

박정희 전 대통령은 1963년 『국가와 혁명과 나』를 집필하며 "전체 국민의 1% 내외의 저 특권 지배층의 손", 그 "보드라운 손결"이 "우리의 적"이라고 지목했다. 그는 왜 부정부패를 통해 대부분의 국민들을 수탈하며 계층의 극단화를 실현했던 '주적'의 정체를 분명히 밝히지 않고, 식민지 시기를 급작스럽게 끝낸 다음 큰 혼란 속에 전쟁까지 치르게 된 상황을 이용하며 자신들의 기득권을 지키는 데 급급했던 이들의 정체를 밝히지 않고, 거기에 느닷없이 '고운 손으로 불란서 시집을 읽는 소녀'의 형상을 세우는가? 스스로를 변호할 힘이 없기 때문에 비난하기에 가장 손쉬운 대상인 문학소녀는 노동하지 않는 자, 피와 땀과 눈물을 모르는 자로 순식간에 변신한다. 4·19 혁명 이후 이승만 전 대통령을 하야시키기까지 국민들이 분노하고 성토했던 이들의 정체는 분명했는데, 5·16 쿠데타를 일으키며 자신들이 '새로운 청년'임을 주장했던 군인의 대표자는 갑자기 문학소녀, 국내 작품도 아닌

호, 2014년 8월, 50~51쪽 참조 및 재인용.

'불란서 시집'을 읽으며 허황된 꿈에 잠긴 소녀야말로 '일하지 않는 자'라며 비난한다. 문학소녀는 "공공의 적"이자 "국가의 발전을 가로막는 적폐"[15]로 급부상한 것이다. 1920~30년대 신여성과 여학생들에게 쏟아졌던 온갖 비난, '책 읽는 여자'와 '글 쓰는 여자'가 '나의 영역을 침범한다'는 식의 공격적 멸시와 분노[16]는 그렇게 1960년대 '문학소녀'의 '좋지 못한 사상과 불건전한 관념적 불안'에 대한 훈계와 멸시로 이어지게 되었다.

4·19 혁명과 이승만 하야, 자유당 몰락, 5·16

---

15 박숙자, 위의 글, 62쪽.

16 "당신은 웨 이런 신산스런 이야기를 끄집어 내시나요. 누가 이런 엉뚱한 문제를 가르쳐드렸을가요. 이거 보셔요. 명희씨는 흰 새와 같이 아름답고 종달이와 같이 노래를 불러주십시오. 곱고 연한 머리 속에 이렇게 굳고 딱딱한 이야기는 해롭습니다. 당신은 다만 즐겁고 유쾌히 살아주십시오. 그리고 모든 문제는 남자인 우리에게 미루어 놓으십시오." 이선희, 「가등(街燈)」, 《중앙》, 1932년 12월. 서지영, 『경성의 모던걸: 소비.노동.젠더로 본 식민지 근대』, 여성문화이론연구소, 2013년, 287쪽에서 재인용.
"지고지순한 연애의 감정은 지고지순한 결혼의 감정과 지고지순한 문학의 감정을 생산한다. 나는 소설 쓰는 여자도 싫고 여자가 쓴 소설도 싫고 소설 속에 나오는 여자도 싫고 하지만, 베아트리체를 단테가 숭상한 것처럼 한 여자를 애인으로 섬기는 것만은 좋아한다." 안회남, 「여성과 문학」, 《문장》 1권 9호, 1939년 10월. 『한국 여성문학 연구의 현황과 전망』, 420~421쪽에서 재인용.

쿠데타, 박정희 정권의 시작 등 숨 가쁜 혼란 속에서 남자 대학생들/젊은 지식인들에게는 그 혼란을 돌파할 기회와 가능성, 순수한 열정과 저항 정신이 기대됐지만, 젊은 여성들에 대해서는 혼란의 와중에 불안해하고 위축되는 모습을 특히 부각시켰다. 앞서 언급했듯 여성의 불안을 가장 효과적이고 선정적으로 다루는 방법은, 몇몇 도드라진 '자살'을 확대해석하며 혹독하게 비판하는 것이다. 임지연에 따르면 실제 이 시기 소년소녀들의 자살 사건이 빈번했다. "1960년 8월과 9월 사이에 두 여고생 자살사건, 3부녀 자살사건, 세 청년의 자살극, 국민학교 아동의 출가 자살, 세 소년의 할복자살"과 더불어 "아버지의 축첩에 항의하면서 딸이 먼저 자살하고 곧 이어 어머니도 자살한 사건" 등이 있었고 "특별한 이유 없이 자살하면서 20일 전부터 자살 과정"을 기록한 20대 청년의 일기가 《여원》에 수록되기도 했다. 하지만 대부분의 남성 지식인들은 이 같은 '특수' 상황에 대해 "'불건전하고 병든 인간상의 그 시대정신'이나 '청년기의 자살은 시대사조에 따라 유행되는 경향'이 있다고만 진단"하는 분석에

그쳤으며, 대신 "소녀적 감성"에 집요하리만치 이목을
집중시켰다. "연약한 새 싹과 같은" 소녀들의 "막연한
불안"은 "맑은 이성과 사고력, 내면에의 생활, 지성"을 통해
극복하도록 조언되었다.[17]

---

17 임지연, 앞의 글, 225~226쪽.

13 —————— 전혜린,
그리고 읽고 쓰는 여자들

　　문학소녀들의 죽음. 전혜린을 '전설적인 문인'의
위치로 올려놓게 된 결정적인 이유는 아무래도 그 충격적인
죽음이다. 고종석이나 김화영, 김윤식 모두 그 죽음에
대해 '자살'이라고 단정적인 표현을 썼지만, 당시의 신문
기사들을 확인해보면 '변사'라는 표현을 더 많이 쓴 걸 볼
수 있다. 생전 전혜린과 절친했고 죽기 전날에도 함께 오랜
시간을 보냈던 이덕희 역시 자살 가능성을 부인하는 쪽에
가깝다. 전혜린은 불면증 때문에 오랜 시간 동안 거리낌
없이 수면제를 복용했고, 죽기 전날 이덕희를 만났을
때에도 들뜬 듯이 "세코날 마흔 알을 흰 걸로 구했어!"라고

고백했다. "당시만 해도 세코날을 비롯해서 각종 수면제에 대한 규제가 없었으므로 약국에서 쉽사리 살 수는 있었으나 한꺼번에 다량을 구하기는 역시 어려운 일이었기 때문이다. 나는 그걸 어떻게 구했는가를 묻지도 않았거니와 그 말을 조금도 이상하게 느끼지도 않았다. 그녀는 불면증 때문에 수면제를 사용하고 있었고 또 때때로는 신경을 마취시키기 위한 '매개물'로 그걸 이용하고 있었기 때문이다." 그리고 전혜린의 죽음이 자살이 아니라는 근거로, 그날 나눴던 대화에서 전혜린이 곧 여기저기 발표했던 글들을 묶어 수필집을 낼 계획이며 제목도 정해놓았고, 또 "국제펜클럽대회에 참가할 예정이라면서 얼마 전 그럴 목적으로 '건강 진단'을 받아본 결과 완벽한 상태였다."는 말을 했다고 덧붙인다.[1]

여러 명과 함께 밤 10시까지 술을 마시며 어디론가 계속 전화를 걸던 전혜린은 술자리를 먼저 떠났고, 다음 날 아침 시체로 발견됐다. 1965년 1월 16일 자 《조선일보》는

---

[1] 이덕희, 앞의 책, 80~81쪽.

문학소녀

"지난 10일 새벽 심장마비로 세상을 갑자기 떠났다."고 썼고, 1월 11일 자《경향신문》은 "수면제 과용으로 인하여 변사"라고 썼다. 이덕희는 "후에 그녀가 다음 날 새벽 수유리(당시 그녀의 집이 있던 곳) 근방의 눈 덮인 숲길에서 시체로 발견됐다는 얘기를 그녀의 친지에게서 들었으나 확인할 길은 없다."고 덧붙였다.[2]

수면제 과용으로 인한 변사냐 자살이냐를 놓고 논란이 분분했지만, 그 진위 여부는 유족들이 여전히 입을 다물고 있기 때문에 정확히 알 도리가 없다. 다만 내가 관심을 가졌던 건 그 죽음이 연상시키는 유사한 사례다. 1932년에 태어나 1963년에 자살로 생을 마친 시인 실비아 플라스. 플라스가 자살한 후에 출간된 걸작 『에어리얼(*Ariel*)』(1965년)은 뒤늦게 1960년대 페미니즘의 아이콘으로 집중 조명받았다. 머나먼 한국에까지 동시적으로 그 소식이 전해지는 건 불가능했겠지만, 만약 전혜린이 플라스를 알았다면 루이제 린저의 니나라든가

---

2   이덕희, 앞의 책, 75, 83쪽.

프랑수아 모리아크의 테레즈 데케루만큼이나 실비아
플라스에게 깊이 열중했을 것이라 확신한다.

　　　두 명의 아버지(한 명은 플라스가 어릴 때 죽은 친아버지,
또 한 명은 그녀를 지배한 남편 테드 휴즈)에 대한 숭배와 공포와
혐오, 자신의 재능에 대한 끝없는 의문과 자괴감. 플라스는
짧은 생애 동안 그 감정의 무게에 짓눌려 있었고, 세 번
자살을 시도했으며, 세 번 만에 끝내 죽음에 성공했다.

　　　　　나는 그것을 다시 해냈죠.

　　　　　십 년에 한 번

　　　　　나는 그것을 해내죠.

　　　　　(……)

　　　　　이제 겨우 서른 살.

　　　　　그리고 고양이처럼 아홉 번 죽지요.

　　　　　이번이 세 번째.

　　　　　얼마나 많은 쓰레기를 십 년마다 없애야 하나.

　　　　　(……)

　　　　　죽어가는 것은

예술이죠, 다른 모든 것처럼.

나는 그것을 뛰어나게 잘하죠.

나는 그것이 지옥처럼 느껴지게 잘해요.

나는 그것이 현실처럼 느껴지게 잘해요.

내 천직이라 말할 수 있어요.[3]

전혜린 역시 뮌헨 유학 시절 자살을 기도한 적이
있었다. "오후 2시에 약을 먹었으나 7시경에 돌아오리라
생각했던, 후에 남편이 된 K씨가 4시경에 귀가한 바람에
그녀의 자살은 미수에 그쳐버렸던 것이다. 그녀는 병원에
실려가 약 50대의 주사를 맞고 이틀 뒤 소생했다." 동생
채린에게 보낸 전혜린의 편지는 플라스의 「나자로 부인」과
놀라운 유사성을 보인다. 그녀는 어쩌면 실비아 플라스보다
몇 년 더 일찍 이 같은 '부활'의 경험에 대해 글을 쓸 수
있었겠지만, 그 경험은 여전히 사적인 편지 위에만 적혔다.

---

[3] 실비아 플라스, 박주영 옮김, 「나자로 부인」, 『실비아 플라스 시 전집』, 마음산책,
2013년, 497~499쪽.

이틀 후에 나는 흰 세계 속에서 깨어났다. 흰 침대, 흰 옷, 흰 간호부, 흰 의사……의 세계에서 치욕에 떨면서!!! (……) 나의 심신은 이제는 먼저의 '혜린'이가 아니다. 이제는 모든 인정의 세계에서 한 발자국 떠난, 어디까지나 죽은 사람들의 세계에 속하고 있는 '망자 혜린'이다.[4]

열다섯 살의 나는 그녀를 동경했고, 전혜린보다 훨씬 더 나이를 먹은 지금의 나는 그녀를 이해한다. 적어도 동감할 수 있다. 누구에게나 그런 시절은 있었다. 이기에 밝은 세속적 약삭빠름을 경멸하고, 나는 무슨 일이 있어도 남들과 다른 인간임을 보여주겠노라 결심하고, "그렇게 오랫동안 만나지 않고 있었음에도 그녀가 보낸 설명 없는 그림이나 단 한 줄의 시구만으로도 나는 그녀의 심경, 그녀가 처한 상황을 완전히 이해했고 그녀가 내게 보낸 의미를 알았을 뿐 아니라, 또한 그녀가 내게 하고 싶은

---

4 이덕희, 앞의 책, 94~95쪽 참조 및 재인용.

말을"[5] 느낄 수 있는 영혼의 벗을 갈망한 시절. "가난이

즐거웠다."고 했다가도 대체 얼마나 돈이 있어야 아버지처럼

해외여행을 갈 수 있는지 질투하다가, "남양의 토인처럼 몇

시간 동안에 일주일 분의 식량이 될 바나나를 벌어 놓고는

절대로 일을 안 하는 생활이야말로 이상적이 아닐까?

(⋯⋯) 뜨거운 돌과 땅 위에 쏟아지는 스코올에 피어오르는

무지개, 피부가 다시 소생하고 고무나무와 야자수의 냄새가

한창 짙어지는 (⋯⋯) 시원한 방갈로와 밤마다 우는 밀림의

온갖 짐승들의 심포니⋯⋯ 때로는 호랑이의 기습도 받고.

검둥이 하인은, 매운 커리와 시원한 위스키-소오다와 목욕

후에 감을 긴 원색 무늬의 헝겊을 준비할 것이다."[6]라는

지극히 제국주의적인 '백인'의 시선을 통과하며 스스로의

(정신적) 귀족 취향을 낭만화한 시절.

또한 누구나 "한국적이 되지 말아줘!"라고

---

5 위의 책, 49쪽.

6 전혜린, 「나의 딸 정화에게 주는 육아일기」, 『그리고 아무 말도 하지 않았다』,
198쪽.

자신에게, 또 친구들에게 소리친 적이 없단 말인가. "모든
철면피한 것, 둔한 것, 무례한 것, 조야한 것, 소란하고
시끄러운 것 등등을 나는 증오한다. (……) 나는 끈끈한
것, 숨이 뜨거운 것, 야비한 것, 친숙한 것을 증오한다.
나는 평범한 것(Gewöhnliches)을 증오한다.",[7] "나의
평범한 사색과 노력을 좀더, 좀더 깊게 본질에 닿는 것
같은 태도로 살자. 경박이나 천한 것은 소름끼치게 싫다.
어느덧 나도 정신의 귀족 사상이 머리에 밴 모양이다."라고
다짐하거나,[8] "나는 절대를 추구한다. 그러나 생은 나에게
평범과 피상의 것 외에 아무것도 제공하지 않는다. 나는
중세와 대리석을 동경한다. 그릴파르처(Grillparzer)의 '절대
세계'를 나는 동경한다. 무섭게 깊은 사랑, 심장이 터질
듯한 환희, 죽고 싶은 환멸 등등……. 일상생활의 평면성이,
내용 없는 인간들이 나를 질식시킨다."[9]고 초조해하고

---

7 전혜린, 『이 모든 괴로움을 또 다시』, 58~59쪽.
8 위의 책, 192쪽.
9 위의 책, 84쪽.

불안해한 적이 없단 말인가. "한국이라는 나라가 얼마나 쉽게 인간의 의욕을 꺾는가를 지난 일 년 반 동안 뼈저리게 체험했다."[10]고 불평한 적이 없단 말인가. 내가 지금 위대한 일을 하지 못하는 건 재능이 없어서가 아니라 나를 둘러싼 환경이 원하는 대로 움직이지 않기 때문이라고 굳게 믿었던 적이 없단 말인가. 테레즈 데케루나 마담 보바리, 니나 부슈만 안에서 나의 허영과 자기기만을 고스란히 발견하고 숨 막히게 놀란 적이 없단 말인가.

　　물론 이제 와서 전혜린의 지식은 새로운 감흥을 준다기보다 전혜린이라는 인간을 들여다보는 창문으로만 기능한다. 또는 그녀의 글을 읽으면서 독일 뮌헨의 새로운 아름다움이나 철학적 고양에 대해 배우는 게 아니라, 교양 있고자 하는 전혜린의 발버둥으로부터 우리 자신의 모습을 응시한다. 다만 그녀가 소설을 쓰지 못한다는 사실에 괴로워했던 것과 별도로, 나는 독일의 풍경을 그토록 손에 잡힐 듯이, 감각적으로 되살려내는 전혜린의 재능에

10　위의 책, 194쪽.

지금도 감탄한다. 뮌헨 대학교에 유학 중이던 유일한 한국 여성이라는 메리트를 '유일무이한 직접 체험'의 권위를 빌려 한껏 '활용'한 것이라 하더라도, 혹시 그녀가 한국에만 머물렀다면 비슷한 '백인의 고급문화' 취향이었던 피천득을 뛰어넘는 수필을 결코 쓰지 못했을지도 모른다 하더라도, 어쨌든 그녀는 1950년대 후반 독일에서 아름답고 독특한 한국어 에세이를 쓰고자 노력했다. 언제나 서양의 문학을 경유해서만 자신의 내면의 풍경을 드러낼 수 있었다 하더라도, 그 현격한 거리감을 자신의 언어로 전유하며 타인을 공감시킬 수 있었다는 건 분명 놀라운 재능이다.

불안은 그 자체로 비범함이 아니다. 먼 곳에 대한 그리움도 그 자체로는 비범함이 아니다. 전혜린의 수필들은 비범함을 열망했던 평범한 여성의 평범한 마음의 풍경을 보여준다. 그것은 이를테면 '문학소녀'의 글이다. 최우등생으로 일관한 그의 학창 시절과 죽음을 선택한 방식의 과격함에 대한 이런 저런 상념이 독자들의 마음속에서 버무려지며 그의 글을

터무니없이 매혹적으로 만들었을 것이다.[11]

고종석은 『말들의 풍경』에서 전혜린에 대해 가장
냉정한 선고를 내린 바 있다. (실제로는 창조적이지 못했던)
'문학소녀 감성'에 있어 가장 가혹한 선고란 '평범'이다.(물론
그는 자신이 "불공정한 게임"을 하고 있다면서 "전혜린의
지적·정서적 지평에는 1950년대 한국 문화의 맥락이 깊이 개입할
수밖에 없었을 것이다. 다시 말해 그의 글의 한계는, 부분적으로는,
그의 시대의 한계이기도 하다."라고 인정했다.)[12] 하지만 그
평범함이야말로, 새로운 문물과 지식에의 열광이야말로,
물질적인 아름다움이 아니라 정신적인 아름다움에
매혹되었던 청춘의 감성이야말로 고스란히 한국의
청춘들을 수십 년 동안 계속 전염시키며 "이건 나잖아,
그녀가 나야!"라고 부르짖게 만드는 힘을 갖고 있었다.
　　문학소녀의 감수성은 어떻게 키워지는가? 문학을

11　고종석, 앞의 책, 249쪽.
12　위의 책, 249~250쪽.

접하고 매혹되는 첫 순간은 감정이입을 통한 자기 동일시의 감탄에서 시작된다. 취향은 감정(鑑定)이 아니라 감동(感動)에서 출발한다. 그리고 그런 감동은 대개의 경우 사람의 평생을 결정짓는다. 문학 속 사건과 감정을 자신의 일상과 연결 지어 생각하고, 문학이라는 수단을 통해 자신의 내면을 구성한다. 그리하여 나=문학이 된다. 전혜린이 『지상의 양식』과 『데미안』을 읽으며 먼 세계를 꿈꾸기 시작했듯, 전혜린의 사후 많은 문학소녀들은 『그리고 아무 말도 하지 않았다』를 읽으며 문학적 감수성의 첫 단계에 입문했다. 현실 세계에 마음 둘 곳을 찾지 못했지만 문학 속에서 비로소 자신의 자리를 발견할 수 있었고, 본질적으로는 평범했지만 생의 어떤 특정한 순간의 상황과 우연의 힘을 빌려 잠시 동안 특별할 수 있었던, 그리고 그 시절을 두고두고 추억하며 자기위안을 동력으로 삼는 수많은 사람들의 대표 명사로서 전혜린의 힘은 강력하다. 이 모든 동경의 시작이 '천재'의 수수께끼 같은 죽음에서만 강렬하게 발현되었다기엔, 우리가 지금까지 빠르게 살펴본 것처럼 20세기 한국의 수많은 문학소녀들은 전혜린의 삶을 거의 그대로 선취했거나 비슷비슷한 반복을 거듭해왔다. 전혜린은 어떤 의미에서 예외적으로 돌출된 존재라기보다 익숙한 패턴의 일부였고, 그렇기 때문에 이후의 문학소녀들에게 "저 사람이 나야!"라는 공감을 불러일으킨 것이 아닐까.

『그리고 아무 말도 하지 않았다』를 편집한 대학생 김화영이 "명동의 명문 대폿집 '은성'에서 단 한번 만난 것이 기억의 전부인 전혜린 씨"[13]를 위해 일종의 '헌신'을 기울이면서 당대의 스타 이어령의 이름 뒤에 숨어 자신의 사랑을 아낌없이 고백했던 것은, 이후 전혜린에게 매혹된 문학소녀들의 원형처럼 느껴진다.

그리고 그 열광의 자장은 '불란서 시집을 읽는 고운 손의 소녀', 심술궂게 말하자면 '부잣집 문학소녀'에게만 해당되지 않았다. 일례로 이덕희는 법철학자 C의 에피소드를 다음과 같이 전한다. "한독교섭사에 관한 저서를 위한 취재차 재독 한국 간호원들을 많이 만나보게

---

13   김화영, 앞의 책, 127쪽.

되었는데, 그들 중 대부분이 '전혜린 씨의 글을 읽고 뮌헨을 동경하게 되었으며 그래서 독일로 오게 되었다.'고 말해서 깜짝 놀랐다는 것이다."[14]

마지막으로 첨언하자면, 『내 생에 꼭 하루뿐일 특별한 날』, 『염소를 모는 여자』 등으로 잘 알려진 소설가 전경린은 전혜린의 소망을 '대리 실현'하려 했다. 《동아일보》 1995년 1월 4일 자 신춘문예 중편소설 부문 당선 소감을 보면 당선자 안애금은 "신문사로부터 당선 통보를 받았을 때 마침 피터 한트케의 소설 『왼손잡이 여자』를 읽고 있었습니다. 주인공인 가정주부가 어느 날 번역 일을 통해 새 인생을 살게 되는 내용이지요."라면서 "앞으로 닫힌 삶을 사는 여성들이 과감하게 새 길을 열어젖히는 이야기"를 쓰겠노라며 '전경린'이라는 필명을 쓰겠다고 했다. 지인이 지어준 아호 '鏡潾(경인)' 앞에 田자를 붙인 이름이다.

---

14 이덕희, 앞의 책, 199쪽.

전혜린의 수필들을 많이 읽었어요. 그가 소설을 한 편도 써내지 못했다는 게 너무 안타깝더군요. 제가 대신 써나간다는 마음으로 작업을 해나가고 싶습니다.

문학소녀. 나도, 당신도 전혜린이었다.

얼마 전 『문학소녀』와 관련한 내용을 이야기하는
자리에 나갔다. 참석자들은 나보다 많게는 스무
살가량, 적게는 열 살가량 어렸다. 나는 당연히 그들이
'전혜린'이라는 이름조차 알지 못할 것이라고 생각했는데,
그 예상은 틀렸다. 여성 참석자 대부분은 전혜린을 알고
있었고 『그리고 아무 말도 하지 않았다』를 읽었다고 했다.
어떤 경위로 그 책을 읽게 됐는지 질문하자 어머니의
책장에 꽂혀 있어서, 친했던 과외 선생님이 추천해서 등의
답이 나왔다. 내게는 그 답을 듣는 순간이 매우 특별하게
느껴졌다. 여성의 손에서 손으로 전해지는 책이, 문학사가

분명히 존재한다. 전혜린은 1965년에 숨을 거두었는데, 50년이 넘도록 그의 유고집이 읽히는 것이다. 내가 그랬던 것처럼, 10대 혹은 20대 여성이 그 책을 통해 문학에, 여성의 시선과 목소리에 입문하게 되는 일이 무수히 반복되고 있다. 그러나 전혜린으로 대표되는 '문학소녀'에 대한 경멸과 비웃음의 시선도 못지않게 강력하다 보니, '문학소녀인 나'를 적극적으로 인정하려는 의지가 금방 짓눌리는 것도 사실인 것 같다. 그런 비웃음을 내재화하지 않기 위해, 타인의 판단만큼 나의 판단도 중요했다는 것을 재확인하기 위해 '문학소녀'에 대한 글을 쓰고 싶었다. 이 책은 그 결과물이다.

다시 한 번 말하지만, 『문학소녀』는 먼저 쓰인 연구서와 논문 들에 온전히 기대고 있다. 전문 연구자가 아닌 입장에서 그저 궁금한 마음에 이것저것 찾아보기 시작하자, 내가 미처 알지 못했을 뿐 언제나 존재하고 있던 수많은 선행 연구 목록이 펼쳐졌을 때의 놀라움과 감동을 잊을 수 없다. 『문학소녀』는 그것의 극히 일부에 대한 나의 반응을 적었을 뿐이다. 이 책을 읽고 전혜린을 비롯하여

수많은 한국의 여성 작가들과 다른 참고 문헌에까지
관심이 미치게 된다면 더 바랄 게 없겠다.

***

원고를 쓰는 동안 그 방향에 대해 토론을 거듭하며
조언과 격려를 아끼지 않았던 노정태 씨, 자료 조사와
입수에 많은 도움을 주었던 윤경희 씨와 박유신 씨에게
감사드린다. 그들에게 정말 많은 빚을 졌다.

『문학소녀』의 원본이 되는 원고는 같은 제목으로
2013년 말《DOMINO》5호에 실렸다. 처음엔 감정에
복받친 나머지 길게만 썼던 원고가 제 꼴을 갖추고 실릴
수 있도록 도움을 준 DOMINO 전(前) 동인들에게,
그리고 이 원고에 깊은 관심을 보여주었던 워크룸프레스에
감사드린다.

전혜린의 『그리고 아무 말도 하지 않았다』를 내게
처음 빌려주었던, 중학교 2학년 시절 친구에게 감사드린다.

책 더미를 짊어지고 사는 나를 이해해주는

가족들에게 감사드린다.

　　『문학소녀』원고를 세심하게 읽고 편집하며
디자인한 반비 편집부 및 디자이너에게 감사드린다.

　　무엇보다 열다섯 살에 처음 읽은 이래 아주
오랫동안 선배로, 동지로, 친구로 내 머릿속에 남아 있던
작가 전혜린에게 감사드린다.

2017년 6월

김용언

참고문헌 ─────────────────────────────────

전혜린의 책

전혜린, 『그리고 아무 말도 하지 않았다』, 삼중당, 1990년.

_____, 『이 모든 괴로움을 또 다시』, 민서출판, 2010년.

전혜린에 관련된 텍스트

고종석, 「먼 곳을 향한 그리움: 전혜린의 수필」, 『말들의 풍경』, 개마고원, 2007년.

권보드래 · 천정환, 『1960년을 묻다』, 천년의상상, 2012년,

김기란, 「1960년대 전혜린의 수필에 나타난 독일 체험 연구」, 《대중서사연구》 16호,
    2010년 6월.

김미정, 「여성 교양소설의 불/가능성: 한국-루이제 린저의 경우」, 《문학과사회 하이픈》
    2016년 겨울.

김윤식, 「침묵하기 위해 말해진 언어: 전혜린론」, 『김윤식 선집 4: 작가론』, 솔출판사,
    1996년.

김화영, 『바람을 담는 집』, 문학동네, 1996년.

박숙자, 「여성은 번역할 수 있는가」, 《서강인문논총》 38집, 2013년 12월.

박지영, 「위태로운 정체성, 횡단하는 경계인」, 《여성문학연구》 28호, 2012년.

서은주, 「경계 밖의 문학인: '전혜린'이라는 텍스트」, 《여성문학연구》 11호, 2004년.

이덕희, 『전혜린』, 나비꿈, 2012년.

문학소녀와 근대 여성 작가들에 대한 텍스트

강신재 · 김말봉 외, 구명숙 엮음, 『한국여성수필선집: 1945-1953』, 역락, 2012년.

김동인, 「김연실전」, 『감자』, 문학과지성사, 2009년.

권보드래, 「실존, 자유부인, 프래그머티즘」, 권보드래 외, 『아프레걸 사상계(思想界)를

읽다: 1950년대 문화의 자유와 통제』, 동국대학교출판부, 2009년.

김복순, 「소녀의 탄생과 반공주의 서사의 계보」, 《한국근대문학연구》 18호, 2008년
　　10월, 204~206쪽.

김복순 외, 한국여성문학학회 엮음, 『한국 여성문학 연구의 현황과 전망』, 소명출판,
　　2008년.

김봉섭, 「이승만 정부의 해외유학 인재 정책」, 《재외한인연구》 34호, 2014년 10월.

김석연, 「후배에게 주는 글」, 서울대학교 총여학생회 엮음, 《여울》 1972년 3호, 24쪽.

김성보·홍석률 외, 『한국현대생활문화사: 1950년대』, 창비, 2016년.

김수진, 『신여성, 근대의 과잉: 식민지 조선의 신여성 담론과 젠더정치, 1920~1934』,
　　소명출판, 2009년.

김양선, 「1950년대 세계여행기와 소설에 나타난 로컬의 심상지리」,
　　《한국근대문학연구》 22호, 2010년 10월.

_____, 「1960년대 여성의 문학·교양 형성의 세대적 특성」, 《현대문학이론연구》 61집,
　　2015년.

_____, 「여성성과 대중성이라는 문제설정」, 《시학과 언어학》 10호, 2005년.

_____, 「전후 여성문학 장의 형성과 《여원》」, 《여성문학연구》 18호, 2007년.

김원, 『박정희 시대의 유령들: 기억, 사건 그리고 정치』, 현실문화, 2011년.

김윤경, 「'해방 후 여학생' 연구」, 《비평문학》 47호, 2013년 3월.

김주현, 「불우 소녀들의 가출과 월경」, 《여성문학연구》 28호, 2012년.

김치수 외, 우찬제·이광호 엮음, 『4.19와 모더니티』, 문학과지성사, 2010년.

김현주, 『한국 근대 산문의 계보학』, 소명출판, 2004년.

노지승, 「1950년대 후반 여성 독자와 문학 장의 재편」, 《한국현대문학연구》 30호,
　　2010년 4월.

박숙자, 「'문학소녀'를 허하라」, 《대중서사연구》 20호, 2014년 8월.

_____, 『속물 교양의 탄생』, 푸른역사, 2012년.

박정애, 『'여류(女流)'의 기원과 정체성: 50·60년대 여성문학 연구』, 한국학술정보,

2006년.

서지영, 『경성의 모던걸: 소비·노동·젠더로 본 식민지 근대』, 여성문화이론연구소, 2013년.

손소희, 「리라기」, 손보미 엮음, 『손소희 작품집』, 지만지고전천줄, 2010년.

연구공간 수유+너머 근대매체연구팀, 『신여성: 매체로 본 근대 여성 풍속사』, 한겨레출판, 2005년.

임지연, 「1960년대 초반 잡지에 나타난 여성/청춘 표상」, 《여성문학연구》 16호, 2006년.

장미영, 「번역을 통한 근대 지성의 유통과 젠더 담론」, 《여성문학연구》 28호, 2012년.

전경옥 외, 『한국여성문화사 2』, 숙명여자대학교출판부, 2005년.

정미지, 「1969년대 '문학소녀' 표상과 독서양상 연구」, 성균관대학교 국어국문학 석사논문, 2011년.

정용화·김영희 외, 『일제하 서구문화의 수용과 근대성』, 혜안, 2008년.

조택원, 「파리, 못 잊을 파리」, 성현경 엮음, 『경성 에리뜨의 만국유람기』, 현실문화, 2015년.

천정환, 『근대의 책읽기』, 푸른역사, 2003년,

피천득, 『수필』, 범우사, 1988년.

한국여성문학학회 《여원》 연구모임, 『'여원' 연구 : 여성·교양·매체』, 국학자료원, 2008년.

한국여성철학회 외, 김은하·윤정란·권수현 엮음, 『혁명과 여성』, 선인, 2010년.

한지희, 『우리 시대 대중문화와 소녀의 계보학』, 경상대학교출판부, 2015년.

서구 문학

루이스 캐럴, 이소연 옮김, 『거울 나라의 앨리스』, 펭귄클래식코리아, 2010년.

실비아 플라스, 박주영 옮김, 「나자로 부인」, 『실비아 플라스 시 전집』, 마음산책, 2013년.

전혜린 연보[*]

1934년 1월 1일	평안남도 순천에서 조선총독부 고급 관리 전봉덕 슬하 1남 7녀 중 장녀로 출생.
1940년대 초	아버지의 부임지 신의주에서 2년을 보냄.
1952년	피난 당시 부산에서 서울대학교 법학과 입학.
1955년 10월	독일 뮌헨 대학교로 유학을 떠나 독문학을 공부.
1956년	법학도 김철수와 결혼.
1956년	프랑수아즈 사강 『어떤 미소』 번역.
1958년	에른스트 슈나벨 『안네 프랑크: 한 소녀의 걸어온 길』 번역.
1959년 3월 15일	딸 정화 출산.
1959년	뮌헨 대학교 독문학과를 졸업하고 귀국하여 서울대, 성균관대, 이화여대 등에서 강사 생활.
1959년	이미륵 『압록강은 흐른다』 번역.
1960년	에리히 케스트너 『파비안』 번역.
1961년	루이제 린저 『생의 한가운데』 번역.
1963년	헤르만 케스텐 「에밀리에」, W. 막시모프 「그래도 인간은 산다」 번역.
1964년	이혼.
1964년	성균관대학교 조교수 임용.
1964년	헤르만 헤세 『데미안』, 하인리히 뵐 『그리고 아무 말도 하지 않았다』 번역.
1965년	하인리히 노바크 『태양병』 번역.
1965년	1월 10일 사망.
1966년	유고집 『그리고 아무 말도 하지 않았다』 출간.
1968년	미공개 일기 『이 모든 괴로움을 또 다시』 출간.

---

[*] 자료에 따라 일부 연도와 날짜가 다르다.

문학소녀

전혜린, 그리고
읽고 쓰는 여자들을 위한 변호

1판 1쇄 펴냄 2017년 6월 19일
1판 3쇄 펴냄 2019년 6월 11일

지은이 김용언
펴낸이 박상준
펴낸곳 반비

출판등록 1997. 3. 24.(제16-1444호)
(우)06027 서울특별시 강남구 도산대로1길 62
대표전화 515-2000, 팩시밀리 515-2007
편집부 517-4263, 팩시밀리 514-2329

ISBN 978-89-8371-851-8 (03810)

반비는 민음사출판그룹의 인문·교양 브랜드입니다.